KARL HEINZ BOHRER

Heinrich Heines Erfindung

Paris – Glanz und Ende eines Phantasmas

Warum hat Heinrich Heine die Stadt Paris, die er am 20. Mai 1831 betrat, bis zu seinem Tode am 17. Februar 1856, abgesehen von kurzen Reisen, nicht mehr verlassen? Die übliche Antwort auf diese Frage lautet: Weil er als Flüchtling vor den politischen Verhältnissen in Deutschland keinen Anlaß mehr sah anzunehmen, diese hätten sich jemals geändert. Sicherlich ist diese Antwort nicht falsch, aber sie ist nicht vollständig. Denn sie berührt nicht die tiefere Ursache: Heines lebenslanges Illuminiertsein von Paris. Wenn wir zurückschauen, dann ist es nötig, Heines Pariser Existenz vor dem Hintergrund einer immer mehr zum kulturellen Phänomen, ja zum utopischen Projekt gewordenen Stadt zu sehen und das, was ihn an Paris für immer fesselte, durch die Farben dieses phänomenalen Prozesses zu betrachten. Dann wird nämlich deutlich, daß Heinrich Heine der intellektuelle Erfinder dessen gewesen ist, was Paris vor allen Städten der Welt im Verlaufe des 19. und 20. Jahrhunderts ausgezeichnet hat. Nicht London und nicht Sankt Petersburg, weder Madrid noch Konstantinopel und auch nicht das Berlin der zwanziger Jahre kam diesem Charakter von Paris als Phänomen und Projekt gleich. Die einzige Parallele wäre das Rom des 18. Jahrhunderts: Goethes Rom. Aber die Differenz zeigt auch schon die Bedeutungserhöhung von Paris: Goethes Rom war eine Topographie von zweifellos symbolischer Signifikanz, von historischer Dignität, von literarischer Erinnerungsfülle, so daß Goethe fast als aus dieser Zivilisation verstoßener Einsamer wieder nach Weimar zurückkehrte, die Trauer Ovids ob der verlorenen Hauptstadt der Welt noch einmal nachfühlend. Aber es war bei aller sinnlichen Präsenz und paradigmatischen Bedeutung im Sinne einer kulturellen Norm ein rückwärtsgewandter Blick!

I

Die Erfindung Heinrich Heines lag darin, daß er Paris zu einem Beispiel machte, das Walter Benjamin, aber auch Rainer Maria Rilke und Max Ernst, Heinrich Mann und Joseph Roth, Erich Maria Remarque und anderen der deutschen Emigration der dreißiger Jahre bis hin zur Generation von Undine Gruenter und Paul Nizon nicht nur Schutz bot, sondern sie inspirierte. Indem man den Namen Walter Benjamin erwähnt, hat man auch die Perspektive genannt, die von Baudelaires allegorischem Blick auf die Stadt bis zur surrealistischen Mythisierung reicht, von den Eisenbahnmotiven der impressionistischen Malerei bis zu den Chansons der Chevalier, Piaf und Trenet, vom Sartreschen Existentialismus der fünfziger Jahre bis zu den Exaltationen der Achtundsechziger-Aufstände. All diese einzelnen aufblitzenden Momente jener klassischen Moderne, die den Namen Paris sei es als Fahne, sei es als Blume meinten, sind die Höhepunkte einer ungeheuren Faszination gewesen, die von der Französischen Revolution ihren Ausgang nahm und Ende des 20. Jahrhunderts endgültig zu Ende gegangen ist.

Daß wir diese Bewegung wiedererkennen können, daß vor uns das Muster einer psychopolitischen Karte von Paris liegt, in die wir diese Ereignisse immer wieder eintragen konnten, verdankt sich dem einzigartigen Heineschen Liebesblick auf diese Stadt, dem tieferen Grund, warum er sie nie mehr verließ. Vor ihm hatte kein Ausländer, geschweige ein Deutscher, eine solche Empfindung, die zur Methode wurde, formuliert. Im Gegenteil: Heinrich von Kleist, dem wir die grandiose Beschreibung der erhabenen Szene von Mirabeau im Ballhaussaal verdanken, kam tief desillusioniert 1801 von seinem Pariser Besuch zurück, weil er nur die kalte Anonymität einer Metropole und die herzlose Gleichgültigkeit der in ihr sich bewegenden Menge sehen mochte, zu sehr gewöhnt an die residenzstädtische Beschaulichkeit des noch friderizianischen Berlin, Jahre später auch aufgewühlt vom patriotischen Haß gegen den zum Kaiser aufgestiegenen General der Republik: Napoleon Bonaparte.

Das allererste, was sichtbar wird an Heines Idee von Paris, schon bevor er die Stadt betritt, ist die fast zärtliche Erwähnung des Namens des Kaisers. Heine kam mit einem mythisierten Bild in die Stadt, dem Bild vom grandiosen Individuum im Hegelschen Sinne, das eine ganze Epoche trug. Die Beschreibung der Erinnerung des Vierzehnjährigen an den Einzug der französischen Truppen in Düsseldorf und an die Gestalt des Siegers stellt eine Präfiguration seiner Pariser Faszination dar. Was Heine im dritten Teil der *Nordsee* und dann im *Buch Le Grand* Mitte der zwanziger Jahre über Napoleon und die Große Revolution als Apotheose von Mensch und Ereignis ausgedrückt hatte, war Kindheitserinnerung des Düsseldorfer Knaben und Vorwegnahme des imaginativen Grundimpulses des weltläufigen Intellektuellen: die vergangene Größe um so stärker in der Gegenwart von Paris wiederzufinden, je mehr sie als historisches Ereignis zu verschwinden drohte. Als die Nachricht vom Ausbruch der Revolution ihn auf Norderney erreichte, schlug sie bei ihm sozusagen ein. An Varnhagen von Ense schrieb Heine am 1. April 1831, noch Wochen vor seiner Ankunft in Paris: »ich packe meinen Koffer und reise nach Paris, um frische Luft zu schöpfen, ganz den heiligen Gefühlen meiner neuen Religion mich hinzugeben, und vielleicht als Priester die letzten Weihen zu empfangen«. Vor allem aber kam er mit dem Bild der Großen Revolution in die Stadt.

Man muß sich vor Augen halten, daß die Revolution von 1830 vor allem deshalb so überwältigend auf Heines Phantasiebildung, also nicht bloß auf sein politisches Denken, wirkte, weil er sie als Fortsetzung der Großen Revolution von 1789 begriff, als ein gegenwärtiger Donner in einem lang andauernden Gewitter. Kaum in Paris angekommen, besuchte er die gerade eröffnete Kunstausstellung des Salons I – Delacroix' Gemälde regte ihn sofort an, eine seiner engagiertesten Deutungen über diese Revolution zu schreiben und gleichzeitig sein erstes Bekenntnis zu Paris als Zentrum der zivilisierten

Welt. Wie der Fortgang seiner fast zehn Jahre andauernden Beschreibungen der kulturellen und politischen Ereignisse in der Stadt belegt, wird der anfängliche politische Enthusiasmus gedämpft werden, da Heine sich nie eine Illusion über die Konsequenzen einer radikalen egalitären Entwicklung gemacht hat, wie seine beißende Ironie über die politischen Naivitäten der deutschen Emigranten in Paris, zumal über die republikanische Einfalt seines Schriftstellerkollegen Börne, zeigt. Ebenso gewichtig zehn Jahre später seine Einschätzung einer kommunistischen Revolution, die er für notwendig ansah und deshalb als fast wünschenswert.

Genau hier liegt der Spaltpilz in Heines politischem Bewußtsein und gleichzeitig die eigentliche Ursache für seine Emphatisierung von Paris als kulturellem Projekt. Im Jahre 1855 schreibt er rückblickend in *Lutetia*: »Dieses Geständnis, daß den Kommunisten die Zukunft gehört, machte ich im Tone der größten Angst und Besorgnis«. Warum aber ist er dennoch dafür? Der erste Grund war Heines Überzeugung von der Priorität vitaler sozialer und ökonomischer Rechte für jedermann. Von einem Grundsatz der Jakobiner hat er sich nie distanziert, und der lautet in seinen eigenen Worten: »Le pain est le droit du peuple, sagte Saint-Just, und das ist das größte Wort, das in der ganzen Revolution gesprochen worden.« Der zweite Grund war der gemeinsame Feind, die deutschen Chauvinisten: »Aus Haß gegen die Nationalisten könnte ich schier die Kommunisten lieben.« Könnte ich, sagte er, aber er konnte es nicht. Je mehr Heine die egalitäre Entwicklung einer zukünftigen Republik fürchtete, um so mehr mußte er dem Ort dieser Entwicklung etwas abgewinnen, das eine autonome Qualität besaß, der er huldigen konnte. Das wurde der Fokus seiner Phantasie, die ihm auch als Transzendierung des tagtäglichen Auf und Ab eines Heimatlosen diente, selbst wenn er bald Zutritt zu besten gesellschaftlichen und literarischen Zirkeln fand und, noch wichtiger, seiner ersten französischen Veröffentlichung *De la France* von der französischen Kritik, nicht zuletzt von Sainte-Beuve, applaudiert wurde.

Heine machte Paris für alle nach ihm von der Stadt Inspirierten zum Projekt dadurch, indem er in seinen Berichten für die *Augsburger Zeitung* einen einzigen Gedanken hervorhob: daß die Große Revolution nicht zu Ende ist. Die emotionelle ästhetische Fliehkraft dabei war, daß diese Revolution als ein Ereignis, als ein Schicksalstag der Geschichte, als melancholisches Gestern und als emphatisches Morgen verstanden wurde.

Für die fast erotische, schwer auf den Begriff zu bringende Faszination Heines muß man sich die Art und Weise seiner frühen Beschwörungen der Französischen Revolution als Atmosphäre, als Szene, als pittoreske Begebenheit verdeutlichen, als eine theatralische Exaltation, in der Heines seismographischer Instinkt besonders hervorsticht. Im *Buch Le Grand*, also noch in den zwanziger Jahren, heißt es vom fiktiven französischen Tamboursergeanten namens Le Grand: »wenn ich nicht wußte, was das Wort ›liberté‹ bedeutete, so trommelte er den Marseiller Marsch – und ich verstand ihn. Wußte ich nicht die Bedeutung des Wortes ›égalité‹, so trommelte er den Marsch ›Ça ira, ça ira – – – les aristocrates à la lanterne!‹ – und ich verstand ihn.«

Das ist doppelt provokativ formuliert: Einmal erscheint die Revolution als etwas, wozu es keiner langen Erklärung bedarf – so evident ist offenbar ihre Notwendigkeit, daß sie einem sozusagen physisch sofort unter die Haut geht. Zum anderen wird hier, mir nichts, dir nichts, der Lieblingschanson der jakobinischen Rotmützen empfohlen, als ob es nichts Selbstverständlicheres gäbe, als die Adligen aufzuhängen, um die Gleichheit zu erzwingen – ein Gedanke, der Heine sicherlich aus dem Herzen kam.

Aber kaum in Paris, nimmt der Ironiker Heine den anmutigsten Helden der Großen Revolution, Camille Desmoulins (den dessen Freund Robespierre schließlich doch auf die Guillotine schickte), bei der Hand und sagt zu ihm anläßlich eines Porträts von Horace Vernet in charakteristischer Zweideutigkeit: »Armer Camille! dein Mut war nicht höher als diese Bank und da wolltest du stehen bleiben, und du schautest dich um. ›Vorwärts, immer vorwärts!‹ ist aber das Zauberwort, das die Revolutionäre aufrecht erhalten kann«. Der Hegelschüler durchschaut besser die Gesetze des revolutionären Prozesses als sein hochgemuter Held mit seiner romantischen Illusion von Freiheit.

Wir erkennen hier im improvisierten, aber dialektisch erzogenen Blick Heines alles: die schöne Tragödie der Großen Revolution, die zu Ende ging und dennoch nicht zu Ende ist. Revolution nicht nur als Doktrin der sozialen Gerechtigkeit, sondern als unverwechselbarer individueller Ausdruck von Vorgängen, deren Kontinuität nicht qua politischer Lehre erklärt wird, sondern qua antikem Mythos, wie ihn Heine immer wieder benutzen wird. Hier ist es Eurydike, deren mythisch verbürgter Blick zurück der politischen Inkonsequenz Desmoulins' gleichgesetzt wird, wie später die republikanischen Aufstände von 1832 mit den homerischen Zweikämpfen verglichen werden. Das sind keine rhetorischen Metaphernblüten, sondern in Heines Phantasie tief angelegte, strukturell verstandene Verankerungen des bloß Vorübergehenden im Ewigen. Um den Hinweis auf das revolutionäre Apriori als ästhetisches Faszinosum zu vervollständigen, ist die Parallele zu Georg Büchners Szenenfolge *Dantons Tod* zu erwähnen, auch wenn die politische Zielrichtung differiert. Heine hat von seinem Bruder im Geiste nie Kenntnis gehabt, aber Georg Büchner ist der einzige, der die Große Revolution als Faszinosum darstellte und sie gleichzeitig historisch perspektivierte – ähnlich wie Heine, nämlich mit einem romantisch-psychologisierenden Blick. Die Mischung aus objektiv geschichtlichem Urteil und subjektivierter Empfindung ist die Pointe in Heines Blick. Letztere erst macht das Historisch-Politische des weltgeschichtlichen Ereignisses zum Augenblick von Paris.

II

Es sind viele Augenblicke, die Heine zwischen 1831 und 1848 zu Pariser Augenblicken macht. Wie aber werden sie zu Momenten eines Liebesblikkes? Weil es der Blick eines Zeugen ist, der zum Vertrauten einer bis dahin unentdeckten Qualität wird: der Qualität der unendlichen Zukünftigkeit dieser Stadt. Diese Qualität hat die Große Revolution als Gründungsmythos. Während Heine einerseits eine Nahaufnahme der politischen Situation der neuen Bürgermonarchie des Louis Philippe gibt, bei der seine inzwischen erworbene Intimität mit dem Klima der gefahrenausbrütenden Pariser Tage und Nächte fast beiläufig zum Ausdruck kommt, inszeniert er andererseits das Leitmotiv dieser Zeugenschaft, mit dem er dem Spießbürger Furcht einflößen will. Zuerst heißt es in *Französische Zustände* noch scheinheilig harmlos für die Ohren der arglosen Leser: »Die Revolution ist eine und dieselbe.« Dann aber wird es zum Fürchten. Wer glaubt, die Akten der Revolutionsgeschichte seien geschlossen, etwa die Göttinger Professoren, wie Heine ironisch diesen Typus qualifiziert, dem wird mit kalter Schadenfreude zugeflüstert, »daß nicht bloß die französische Spezialrevolution noch nicht vollendet sei, sondern daß erst die weit umfassendere Universalrevolution ihren Anfang genommen habe«. Heine entdeckt sie hinter jeder Pariser Mauer, segnet bekannte Plätze und Straßen mit ihrem Odem, nicht nur das längst dem Revolutionsmythos zugehörige Palais Royal, sondern Straßennamen wie Saint-Denis, wie Vaugirard, die Höhen von Ménilmontant im Osten und die Rue Saint-Martin im Zentrum, sie alle werden zu heiligen Namen eines revolutionären Opfergangs aufgerufen. Später haben die Surrealisten bestimmten Plätzen und Straßen der französischen Metropole die Bedeutung einer privaten Allegorie gegeben. Bei Heines Straßen und Plätzen bleibt die Bedeutung noch dem öffentlich bekannten Ereignis verhaftet, trotzdem entsteht aber schon die Mystik der Pariser Geographie.

Es ist Heines rhetorischer Trick, die Evokation der vergangenen oder zukünftigen Revolution einerseits wie eine Monstranz hochzuheben, sie andererseits aber weit von sich zu halten: »Ich liebe die Erinnerung der früheren Revolutionskämpfe und der Helden, die sie gekämpft, ich verehre diese ebenso hoch, wie es nur immer die Jugend Frankreichs vermag, ja, ich habe noch vor den Juliustagen den Robespierre und den Sanktum Justum und den großen Berg bewundert – aber ich möchte dennoch nicht unter dem Regimente solcher Erhabener leben, ich würde es nicht aushalten können, alle Tage guillotiniert zu werden.« Heine erlaubt sich, dem revolutionären Paris eine Zärtlichkeit zu applizieren, will aber für die Folgen nicht verantwortlich gemacht werden. Den Zuchtmeister der Revolution Saint-Just überhöht er zum Heiligen Gerechten, und die blutsäuferische Sansculottenseite der Assemblée Nationale wird zum Großen Berg aufgepustet. Erhabenes und Komisches fließen ineinander. Das nennt man die Säkularisation der heiligen Chiffren im mokanten Ton desjenigen, der weiß, daß Banaleres bevorsteht und daß alles nie wirklich so ist, wie es gerne scheinen möchte.

Nicht anders läßt sich Heine mehr als ein Jahrzehnt später hören, wenn er die »abenteuerlichen Bacchantenzüge der französischen Revolution« besingt, »thyrsusschwingende Korybanten der Freiheit und Gleichheit, terroristische Zimbelschläger ... Mänaden der Guillotine mit flatterndem Haar, von dem göttlichen Wahnsinn berauschte Scharen, in den unerhörtesten und unglaublichen Posituren dahintaumelnd, und bei deren Anblick uns ebenfalls eine grauenhafte, zerstörungssüchtige Trunkenheit ergreift«.

Friedrich Nietzsche hat mit Sicherheit diese Sätze nicht gekannt, als er daranging, seine Theorie der Tragödie aus dem Geist des Dionysos zu schreiben. Angesichts ihrer durchschlagenden Wirkung, wenn nicht als philologisch-historische Studie, so doch als kulturkritische Utopie, erscheint es als bedeutsam, daß Heine seinen Revolutionsmythos mit dem gleichen dionysischen Zentralvokabular ausstattete. Nietzsche wird den tragischen Gehalt der dionysischen Aufhebung rationaler Selbstgewißheit zeigen, die dionysischen Eigenschaften nicht bloß metaphorisch benutzen, sondern anthropologisch vertiefen. Hat Heine die Revolution ebenfalls in solch einer Aufhebung des *principium individuationis* zu beglaubigen versucht? Zweifellos als eine Erklärung derjenigen, die vom Revolutionsgeist befallen sind. Er selbst hält – als Sohn der Aufklärung eher ein Schüler Voltaires als Rousseaus – das Gegenprinzip hoch und betete seit jeher zum Gott Apollon als seinem künstlerischen Meister. Um so mehr ist die Assoziation der Revolutionäre mit der Vorstellung von »Bacchanten« für alle politisch Gerechten und Korrekten seiner Zeit eine Provokation.

Worauf will Heine eigentlich hinaus? Wäre er wirklich jener Typus, sozusagen historisch erstmalig auftretend, der sich von der bloßen Form und Erscheinung einer Idee hinreißen läßt, dabei über den eigentlichen Gehalt hinwegsehend? Ist es ein anarchistischer Affekt gewesen, der im revolutionären Impuls selbst sein Ideal sucht? Wenn man festhält, daß Heine das Bild der Dionysosanhänger hier und an Stellen, wo es nicht um die Revolution geht, geradezu beschwört, dann muß man folgern, daß es ihm offenbar um eine von ihm anthropologisch verstandene Potenz geht. Und in dieser Affirmation der Lebenskraft selbst wird er in der Tat zu einem Vorläufer Nietzsches, mit Pathos und Ironie. Das wird um so evidenter, erkennt man die Parallele zwischen Nietzsches und Heines kulturkritischem Sensualismus und dem ihnen gemeinsamen Affront gegen die puritanischen »Nazarener«.

Es ist ein sublim undurchsichtiges Mienenspiel, jenes doppelte Spiel, das Heines Gegner von rechts und links zur Weißglut trieb. Je stärker er vor der Gefahr warnt, um so attraktiver macht er sie. Man nennt das frivol, und es ist die Frivolität, die Heine gleichzeitig im Pathos des revolutionären Ereignisses bewundert – in der Frivolität entdeckt und liebt er das Pathos. Das gibt solchen Darstellungen einerseits ihre große Emotionalität, andererseits ihre Modernität. Wird die Topologie von Paris zum offenen Zeichen des revolutionären Prozesses, so werden Feste, Theater, Bälle, selbst Beerdigungen, aber auch Krankheiten und Seuchen zu Zeichen versteckter unterirdischer Spannungen, von denen noch Filme wie Marcel Carnés Wiedererweckung der heineschen Epoche in *Les Enfants du Paradis* oder Gustaf Gründgens' *Tanz auf dem Vulkan* leben. Wenn Heine von Giacomo Meyerbeers Oper *Robert le Diable* und ihrem Nonnenwalzer, wenn er von allen Bällen der Pariser Nächte spricht, dann versteht er es durch Andeutungen zu sagen, daß auch dies nur die Anzeige eines Thermometers ist, das das aktuelle Fieber mißt.

Der Pariser Karneval, die Pariser Maskenfeste sind für Heines auf der Lauer liegenden sozialpolitischen Verdacht die großartige Kulisse, hinter der sich etwas ganz anderes, zugleich Gefürchtetes und Herbeigesehntes, verbirgt. Heine ist der beteiligt-unbeteiligte Beobachter, der erste Flaneur, der in einer Stunde von einer geheimen republikanischen Versammlung der »Amis du Peuple« überwechselt zu einem eleganten Fest des besseren Justemilieu – und an beiden Orten findet, was er sucht: eine Unmittelbarkeit der Gegenwart, die das Gestern zum Mittelalter macht und das Morgen träumen läßt. Dieses Gespür für die Elektrizität und den Stil, der diesem Gespür Ausdruck verleiht, gab es in der deutschen Literatur vorher nur bei Goethe, freilich mit einer entscheidenden Differenz: Heine gewinnt daraus einen prophetischen Gestus, wodurch seine Darstellung zur Seismographie wird – Heines Paris ist die Vorgeschichte der Gegenwart Benjaminschen Angedenkens. Schon Heine blickt auf etwas zurück, was ihm Stoff genug offenbart, aus dem er ein historisches Zeichen machen kann.

Die schwüle Atmosphäre des nachrevolutionären Paris von 1832 wird Heine auch deshalb zu einem historischen Zeichen, als sie den absoluten Gegensatz zu den »schlafenden Menschen« in Deutschland und deren ungeheurer Langsamkeit bildet. Heine beschreibt diese Langsamkeit sogar mit einer gewissen Sympathie und kommt zu einer Erklärung von verblüffender Aktualität: »Denn der Deutsche, aus Scheu vor aller Neuerung, deren Folgen nicht klar zu ermitteln sind, geht jeder bedeutenden politischen Frage so lange wie möglich aus dem Wege, oder sucht ihr durch Umwege eine notdürftige Vermittlung abzugewinnen, und die Fragen häufen und verwickeln sich unterdessen bis zu jenem Knäuel, welcher am Ende vielleicht, wie jener gordische, nur durch das Schwert gelöst werden kann.« Die große Entscheidung wird in Deutschland stattfinden: »Es wird ein Stück aufgeführt werden in Deutschland, wogegen die französische Revolution nur wie eine harmlose Idylle erscheinen möchte.«

Man sollte Heines Patriotismus nicht unterschätzen, der es sich nicht nehmen ließ, die Deutschen zu charakterisieren als »ein Volk, welches das Pulver erfunden hat und die Buchdruckerei und die ›Kritik der reinen Vernunft‹«. Solche Erwärmungen für das noch schlafende, aber bald erwachende Vaterland und seine womöglich apokalyptische Zukunft – nicht für das von Heine tief verachtetet und gehaßte Preußen – sind immer der heimliche Widerpart zum Wünschelrutengang über den vulkanischen Pariser Boden, dessen »geheime Maskerade« Heine »durchschauen« will. Der Höhepunkt seiner Entdeckung der Stadt als Ort verbotener Lüste ist die Beschreibung des berühmten Cancan, des gerade in den frühen vierziger Jahren aufgekommenen Tanzes der unteren Klasse.

Unter dem Datum des 7. Februar von 1842 beginnt Heine in *Lutetia* die Erklärung des Cancan für seine deutschen Leser mit dem Satz: »›Wir tanzen hier auf einem Vulkan‹ – aber wir tanzen.« Der Cancan sei »eine getanzte Persiflage, nicht bloß die geschlechtlichen Beziehungen« verspottend, »sondern auch die bürgerlichen, sondern auch alles was gut und schön ist, sondern auch jede Art von Begeisterung, die Vaterlandsliebe, die Treue, den Glauben, die Familiengefühle, den Heroismus, die Gottheit«. Heine setzt sich vom Ausdruck dieses Tanzes, der ihn fasziniert, dennoch ab und erklärt, ihn erfülle »unsägliche Trauer«, wenn der »tolle Mummenschanz die dämonische Lust bis zum Ungeheuerlichen steigert«. Es komme ihn fast ein »Grauen« an, wenn auf Nachtfesten der Opéra comique »Beelzebub mit vollem Orchester« musiziere und »das freche Höllenfeuer der Gasbeleuchtung« einem die Augen zerreiße.

Trauer, Grauen? Man sollte meinen, Heines Fasziniertseinwollen komme hier voll auf seine Kosten. Ja und nein. Ja, er bewundert heimlich den Zynismus des Cancan-Tanzes, denn dieser hat eine negative Größe, und um Größe geht es Heine vor allem. Nein, er lehnt diesen Tanz ab, denn dieser verletzt positive Größen, nämlich Patriotismus und Heroismus. Damit kommen wir zu den beiden Eigenschaften, die für den Revolutionsbewunderer die Essenz des revolutionären Paris zu diesem Zeitpunkt geworden sind. Ein konventionell liberales oder politisch orthodoxes Heine-Verständnis ist natürlich ahnungslos über diesen Sachverhalt. Heines Beschreibung des nachrevolutionären Patriotismus und Heroismus der republikanischen Aufstände vom 5. und 6. Juni 1832 zeigt, wie leidenschaftlich er die Leidenschaftlichkeit und Symbolik dieser Szenen aufnimmt, obwohl er deren politische Ziele ablehnt. Vor allem: Paris ist eine Quelle emotioneller Sehnsüchte, und die Grundsehnsucht ist die nach dem Außergewöhnlichen, der außergewöhnlichen Tat.

Hierin unterscheidet sich der Pariser Flaneur vom deutschen Romantiker der vorhergehenden Epoche. Dieser hatte Sehnsucht nach dem Unendlichen, und das ließ sich in der Blauen Blume oder dem goldenen Schlänglein inkorporieren. So nicht Heine: Er will das Ungewöhnliche als Endliches, hier und jetzt in Raum und Zeit. Die Zeit spielt ihre Rolle als Perspektivierung der Gegenwart in die Zukunft. Insofern ist jedes Hier und Jetzt bei Heine immer ein temporales. Indem das Hier aber das Hier von Paris ist, mit all seiner symbolischen Ausdruckskraft, rückt der Raum immer wieder vor die Zeit. So wie die Faszination an der schieren Erscheinung vor das Bewußtsein des politisch Notwendigen rückt. Abermals ist es die Kategorie des Dionysischen, die Heines Beschreibung der Aufständischen endgültig den quasi ästhetisch-anthropologischen Grundton gibt: Sie sind »Bacchanten der Freiheit«, die ihre »Thyrsen« schwingen, schon gezeichnet »vom melancholischen Schatten eines nahen Todes«. Wenn Heine dann den Zusammenstoß der jungen Republikaner – darunter viele Studenten der hohen Schulen – mit der Übermacht der Linientruppen schildert, dann greift er wieder zu seinem ultimativen Kunstmittel: der Mythisierung, dem Vergleich mit dem Kampf der Spartaner bei den Thermopylen.

Wir kennen das aus Victor Hugos *Les Misérables*. Aber Heine stattet die Bravour mit einer prognostischen geschichtsphilosophischen Botschaft aus, die sich bewahrheiten soll: Paris wird im 19. Jahrhundert nicht mehr aufhören, dergleichen zu sehen. Wie 1832 werden 1848 und wieder 1871 Vollstrecker einer ewigen Revolution kämpfen und fallen beziehungsweise in Massen hingerichtet werden. Heines Prognose, die gleichzeitig sein Projekt war – denn nichts wollte er ja so sehr wie das Nichtaufhören solcher Revolten –, ist erst in jüngster Zeit beendet worden: Als Jack Lang, der theatralische Kultusminister des für das Erhabene zuständigen Präsidenten Mitterrand die zweihundertste Wiederkehr der Revolution am 14. Juli 1989 feiern ließ, da hatten die alten Plätze und Namen, die in Filmen wie *Le jour se lève, Hôtel du Nord* oder *Quatorze Juillet* mythisiert worden waren, ihren historisch-politischen Zauber verloren. Sie wurden mit einem Male zu Stätten der touristischen Attraktion und des Medienspektakels multikulturellen Zuschnitts. Erst da war Heines Epoche, erst damals ist die Epoche des zur Größe verzauberten Paris endgültig zu Ende gegangen.

III

Dieser Zauber ist in Heines berühmter Charakteristik von Delacroix' Gemälde *Die Freiheit führt das Volk* wohl am stärksten ins Wort gehoben worden, weil Heine daraus die ganze Glorie der französischen Metropole ableitete. Man kennt Delacroix' Bild, in dessen Mitte eine junge Frau steht, mit entblößter Brust und die Trikolore in der Hand – flankiert von einem hagergesichtigen, schwarz gekleideten Bürger mit Zylinder und Gewehr sowie einem gelockten halbwüchsigen Knaben mit beiden Pistolen im Anschlag, schreitet sie über Gefallene: die Allegorie der Revolution. Heines Schilderung dieser Figuren im Jahre 1831 konterkariert sie durch ironische Identifikationen: die Heroine wird zur Boulevardprostituierten, der bleiche Kämpfer unterm Zylinder zum sozialen Bankrotteur und der mutige Knabe zum kleinen Gauner. Und dennoch und gerade deswegen werden sie in Heines abschließendem Wort zu Trägern menschlichen Adels, menschlicher Größe, unabhängig von der politischen Ideologie: Paris ist gleichbedeutend mit »den heiligen Julitagen«, die »ewig Zeugnis geben von dem Uradel der Menschen, der nie ganz zerstört werden kann«. Zwar könnte Sonne und Wein die Aufständischen benebelt haben, läßt Heine einen reaktionären Betrachter von Delacroix' Gemälde sagen, um dann zu seinem berühmten Statement über die Stadt anzusetzen: »Der Marquis hat vielleicht Recht: es war die Sonne. Zumal im Monat Juli hat die Sonne immer am gewaltigsten mit ihren Strahlen die Herzen der Pariser entflammt, wenn die Freiheit bedroht war, und sonnentrunken erhob sich dann das Volk von Paris gegen die morschen Bastillen und Ordonnanzen der Knechtschaft. Sonne und Stadt verstehen sich wunderbar, und sie lieben sich. Ehe die Sonne des Abends ins Meer hinabsteigt, verweilt ihr Blick noch lange mit Wohlgefallen auf der schönen Stadt Paris, und mit ihren letzten Strahlen küßt sie die dreifarbigen Fahnen auf den Türmen der schönen Stadt Paris.«

Zwar ist die Trikolore, die Fahne der Revolution, nachdrücklich erwähnt. Wesentlich aber ist die Mythisierung der Stadt, ganz in der Tradition des antiken Homerischen Naturmythos. Die Sonne, nicht die Revolution ist das Symbol der Dignität der Stadt. Heine fällt zurück auf eine der zentralen Metaphern seines *Nordsee*-Zyklus, in dem von der Sonne im gleichen mythisierenden Tonfall geredet wird wie jetzt von Paris. So wie die Sonne die Vorstellung eines kosmisch-ozeanischen Friedens birgt, so birgt die Sonne auch das ewige Glück der Stadt Paris. Das »flammende Sonnenherz« über der Nordsee ist der gleiche Planet wie die Sonne als flammender Glücksstern über Paris. Die Sonne wird zur Metapher a priori, die jedem Gegenstand den Glanz, den er haben soll, verleiht. Selbst zum ironischen Gebrauch eignet sie sich, nämlich wenn Heine den allmächtigen Bankier Rothschild, seinen Gönner, mit der Sonne vergleicht – ein Attribut, das ursprünglich nur Ludwig XIV., dem Sonnenkönig, zukam: »Ich will heute, um ganz sicher zu gehen, Hrn. v. Rothschild dennoch mit der Sonne vergleichen, erstens kostet es mir nichts und dann wahrhaftig ich kann es mit gutem Fug in diesem Augenblick, wo jeder ihm huldigt um von seinen goldnen Strahlen gewärmt zu werden.«

Was ist wichtiger: die Sonne über Paris oder die Revolution in Paris? An dieser emphatischen Evokation läßt sich zumindest das eine erkennen: dem Arsenal der Heineschen mythenreichen Sprache entsteigt ein Bild von Paris, das unabhängig ist von aktuellen politischen Ereignissen. Die Aktualität des historischen Ruhms von Paris ist überwölbt, wird erst wirklich durch die Ewigkeit einer Berufung und einer Auserwähltheit. Und noch etwas fällt auf: die nachgeahmte, kindlich treuherzige Naivität des Märchentons, den Heine so brillant zu inszenieren versteht und wodurch etwas kompliziert Historisches zur Legende vereinfacht ist. In seiner Lyrik – das berühmteste Beispiel ist die *Loreley* – zeigt sich dies im raffinierten Tonfall des Modernen, der das Archaische zitiert. Aber die Einfachheit, die hier gesucht wird, ist nicht die Einfachheit der Märchenidylle. Es ist auch nicht mehr die Einfachheit der antikischen Mythenassoziation des *Nordsee*-Zyklus oder die nachgeahmte Einfachheit der Rheinlegenden. Es ist vielmehr die Einfachheit einer allerletzten Wahrheit, die gesetzt wird.

Die Komplexität der modernen Verhältnisse und ihrer Zerrissenheit, das agonale Prinzip der Welt im Progreß immer neuer Kämpfe wird überführt in Zeichen einer endgültigen Zuversicht. Wenn auch kein Märchen, so produzieren Heines Bilder und Stil dennoch den Eindruck von Paris als einer Märchenstadt, ein funkelndes Juwel wie das Bagdad aus *Tausendundeiner Nacht*. Heine sagt es märchenhaft, um es nicht als Doktrin zu verkünden, denn das wäre absehbar fade. Er sagt es wie einer, der sich noch das Wünschen erlaubt, je klarer er die Verhältnisse anschaut. Fünfzehn Jahre später, beim Anblick der Revolution von 1848, erscheint ihm die Welt »aus ihren Angeln gerissen« und keineswegs mehr eine Erscheinung im teleologisch geordneten historischen Prozeß: »Werden die Angelegenheiten dieser Welt wirklich gelenkt von einem vernünftigen Gedanken, von der denkenden Vernunft? Oder regiert sie nur ein lachender Gamin, der Gott-Zufall?« Der Hegelschüler hat den Gedanken der Notwendigkeit abgetan und sieht in der Erleuchtung des Augenblicks die Quintessenz des Weltgeschehens.

Im Grunde hat Heine, trotz seiner Ehrerbietung gegenüber Hegel, immer so gedacht. Er hat schon 1833 der idealistischen zukunftsgewissen Geschichtsauffassung eine Abfuhr erteilt. Es geht ihm nicht um die Zukunft, sondern um die Gegenwart, um jedes Ereignis seiner selbst wegen, nicht wegen seiner Funktion im Kontext einer absehbaren Entwicklung: Wir wollen, sagt er in *Verschiedenartige Geschichtsauffassung*, »daß die Gegenwart ihren Wert behalte, und daß sie nicht bloß als Mittel gelte, und die Zukunft ihr Zweck sei. Und in der Tat, wir fühlen uns wichtiger gestimmt, als daß wir uns nur als Mittel zu einem Zweck betrachten möchten«. Die Zukünftigkeit von Paris liegt denn auch nicht in einem zu berechnenden Ziel, sondern in der Gewißheit eines immer wieder auftretenden Energiestroms: Es ist eher die Wiederkehr des Gleichen als der Horizont einer Zukunft. Man sieht: Keine an universalistischer Doktrin orientierte Partei hat sich jemals zu Recht auf Heinrich Heine berufen können. Es ist immer die Faszination an der Gegenwart gewesen, an ihrem Begriff und an ihrer Realität, daß Heines Wahrnehmung von Paris trotz der Wechselströme seines politischen Engagements von der gleichen Faszination geprägt blieb. Wenn ihm vor dem »düstren Helden« einer bevorstehenden modernen »Tragödie« – so seine Worte für den radikalen Sozialismus – auch graut, so fesselt es ihn doch, über die »geheimen Proben« von dessen bevorstehendem Auftritt zu berichten. Und wie könnte die Bühne dieses Auftritts eine andere sein als Paris?

Und wenn Heine von der psychischen Erschütterung spricht, die die Eröffnung der neuen Eisenbahnen bei den Parisern im Mai 1843 auslöste, dann kommt er auf die gleichen Begriffe zurück, die seine Revolutionsfaszination prägen: das »unheimliche Grauen« anläßlich eines »Ungeheuersten«: Er pointiert: »Durch die Eisenbahnen wird der Raum getötet, und es bleibt uns nur noch die Zeit übrig«. Heine hat eine Vision dabei, von der er noch nicht weiß, ob sie nur phantastisch ist oder unheimlich, nicht zuletzt für ihn, den Emigranten: Anläßlich der Schnelligkeit der zukünftigen Eisenbahnen zwischen Paris und Deutschland denkt er: »Mir ist als kämen die Berge und Wälder aller Länder auf Paris angerückt. Ich rieche schon den Duft der deutschen Linden; vor meiner Türe brandet die Nordsee.« Einerseits wünscht sich Heine das, andererseits fürchtet er es, obwohl sich sein Verdacht, preußische Spione seien hinter ihm her, nicht konkretisiert hat.

Die schiere Phänomenalität, die schiere Gegenwärtigkeit ist das Geheimnis dieses einzigartigen Lebensantriebs von Paris gewesen: Deshalb kann man sagen, ob Erschütterung der Revolution oder Erschütterung der Eisenbahn – sie enden für Heine immer im Bilde des dämonischen Cancan, den er als Inbegriff des subversiven Dynamismus gesehen hat. Er konnte ihn nicht für seine deutschen Leser definieren, wollte ihn auch nicht nur formal beschreiben, sondern als »Verschleierung« des schlechthin Verbotenen, sei es geschlechtlicher oder politischer Natur, emotionell skandalisieren, nämlich auch als gefährliches Moment für seine Landsleute, die keine »Hexenmeister« sind. Es wäre zuviel, wenn man sagte, Heine sei es im surrealistischen Sinne nicht so sehr darum gegangen, *was* geschieht, sondern *daß* etwas geschieht. Aber dieses Geschehen nahm seine Signifikanz von dem ihm innewohnenden Lebensimpuls. In einem frühen Brief an Varnhagen von Ense heißt es: »La force des choses! Die Macht der Dinge! Ich habe wahrhaftig nicht die Dinge auf die Spitze gestellt, sondern die Dinge haben mich auf die Spitze gestellt, auf die Spitze der Welt, auf Paris – ja gestern morgen stand ich sogar auf der Spitze dieser Spitze, auf dem Pantheon.«

Diese ambivalente Apotheose der Stadt durch Heine erfolgt eine ganze Epoche vor Haussmann, der den noch mittelalterlichen Grundriß der Stadt niederreißt und die majestätischen Symmetrien eines an der höfischen Tradition orientierten Großbürgertums erfindet – nicht zuletzt auch, um durch die neugeschaffenen breiten Boulevards Schußfeld zu schaffen gegen zu erwartende Aufstände der Arbeiterschaft und der anarchistisch gesinnten Minderheiten, denen Heine die genannten Denkmäler setzte. Das Paris Heines hatte also noch nicht die zur Ansichtenschönheit stilisierten grandiosen Panoramen des ausgehenden 19. Jahrhunderts. Die Plätze und Straßen, die er erwähnt, sind eng, zum Teil häßlich, jedenfalls ihrer mittelalterlichen Proportion noch nicht entfremdet, die man auf den Illustrationen zu Victor Hugos berühmtem Roman *Notre-Dame de Paris* erkennen mag, der im gleichen Jahr erschien, als Heine Paris erstmals erblickte. So bezieht sich sein Rühmen der Stadt und sein eigenes Glück bei diesem Rühmen auf kein konventionelles Tableau, sondern auf eine bis dahin unsichtbar gebliebene Qualität, die plötzlich für ihn sichtbar wird. Dazu bedurfte Heine auch nicht mehr der revolutionären Thematik, sondern er erklärt die schöne Atmosphäre der Stadt zum Außergewöhnlichen, das ihr eine schöne Fee verliehen: »die schöne Zauberstadt, die dem Jüngling so holdselig lächelt, den Mann so gewaltig begeistert und den Greis so sanft tröstet«.

Heine hat sogar impressionistisch anmutende Eindrücke zum Dekret erhoben, das unendlich oft wiederholt werden wird: »Paris ist nicht bloß die Hauptstadt von Frankreich, sondern der ganzen zivilisierten Welt.« Und er setzte als Erklärung hinzu: »Versammelt ist hier alles, was groß ist und durch Liebe oder Haß, durch Fühlen oder Denken, durch Wissen oder Können, durch Glück oder Unglück, durch Zukunft oder Vergangenheit.« Balzac hat diesen Zirkus des Lebens fast zur gleichen Zeit in dreien seiner Grundfiguren und ihrer integralen Geschichten geschildert: dem Bankier, dem Journalisten, der Kurtisane. Flaubert und Zola werden das materialistisch präzisieren und vertiefen. Heine, der nicht wie der Romancier die interne Geschichte eines Menschen oder einer Gruppe von Menschen, sondern die interne Geschichte einer metropolitanen Gesellschaft schildert, hat es immer mit einer Figur zu tun: dem Politiker, dem republikanischen, dem jakobinischen und dem konstitutionellen. Nicht als ob nicht auch bei Balzac Politiker vorkämen und bei Heine Geldleute, Journalisten und die Welt des Theaters. Aber es ist die Politik, die als determinierender Faktor Heine eigenhändig erfand, definitiv unterschieden von den menschlichen Begebenheiten als Affären, als Anekdoten vom historisch-politischen Ereignis. Deshalb die Identifikation des Pariser Lebens mit dem Universum. Und das wiederum gibt der Affinität zu mythischen Bildern Raum.

Man könnte kritisch anmerken, daß Heine zu einer solchen Emphatisierung von Paris nur hingerissen werden konnte, weil er die englische Metropole und deren politisch-ökonomische Signifikanz für ein Weltreich aller Rassen und Kontinente nachdrücklich nicht verstand oder nicht verstehen wollte, wie seine Ausfälle gegen England und die Engländer belegen. Und daß er von New Yorks schon damals sich ankündigender grandioser Zukunft nichts wußte, zumal er offenbar Alexis de Tocquevilles 1835 erschienenes Werk *De la démocratie en Amérique* nicht kannte, ein Werk, das seiner eigenen Seismographie des Pariser Zeitalters zusätzliche Lichter hätte aufsetzen können.

Es ist deshalb eine Spekulation wert, wie Heine auf diese so ganz andere Reaktion reagiert hätte. Ihn hätte Tocquevilles souveräne Bewunderung für den weltweiten Eroberungsdrang der »Angloamerikaner« gewiß provoziert. Ihn hätte die energische Physiognomie dieser angelsächsischen Kraft zweifelsohne abgestoßen. Aber wie sehr sich Tocquevilles analytisch-soziologische Systematik von Heines Unmittelbarkeit der Empfindung auch unterschied, so berührt sich ihr Ingenium für die zeitgeschichtliche Relevanz doch in einem zentralen Motiv: der Revolution als Perpetuum mobile einer zukünftigen europäisch-amerikanischen Gesellschaft. Die Differenz dabei ist indes: Während für Tocqueville in der Revolutionierung der Verhältnisse – das ist die radikale Egalisierung der Klassen – sich eine absolute Gleichförmigkeit vorbereitete (die Tocqueville keineswegs im kulturpessimistischen Sinne anprangerte), blieb für Heine die Revolution einem Impuls verhaftet, den man »romantisch« zu charakterisieren hat. Während Tocqueville die totalitär-diktatorische Möglichkeit der sozialen Revolution klar benannte, gewann Heine ihr bei allem Schauder noch immer die Aura des Einzigartigen und Großartigen, eben nicht Gewöhnlichen, ab.

Ideologiekritisch betrachtet: Mit Heines Romantisierung begann auch das Perpetuum mobile einer intellektuellen Romanze mit dem Totalitären. Gerade weil Heine im Unterschied zu Tocqueville seine scharfsinnige Diagnostik immer auch »literarisch« anempfand, entzog sich seiner Darstellung das Banale daran. Vielleicht erreicht die Originalität seiner Antizipation hier ihre folgenreichste Qualität. Allerdings gewann seine Ambivalenz gegenüber der radikalen Revolution und ihren Vertretern niemals den Charakter des Selbstbetrugs, wie er für den Großteil der linken Intelligenz des 20. Jahrhunderts charakteristisch war. Selbstbetrug in dem Sinne, daß sie ihre eigene Existenzgrundlage, das war ihre Individualität, an das kollektive Prinzip verrieten, wie das vor allen anderen André Breton ganz im Sinne Heines angeprangert hat.

Heines Liebesblick auf die Stadt, besonders aber auf die alte Stadt, nicht ihre Haussmannsche Verwandlung, begünstigt, daß diese Erfindung zu einer wirklich neuen Perspektive wurde: Auch die Emphatisierungen der Surrealisten würden jenen alten, zum Teil unbekannten engen Straßen und zweideutigen Quartiers gelten, nicht den großen Panoramen. Und ebenso die Chansons würden den kleinbürgerlich proletarischen Vierteln gelten, deren Schlüsselworte Namen wie Batignolles im Norden oder Ménilmontant im Osten sind. Es war der einflußreichste Dichter der Moderne, Charles Baudelaire, der, kein Freund der Haussmannschen Veränderungen, Heines entdekkerischen Liebesblick in den sechziger Jahren des 19. Jahrhunderts zum lyrischen Augenblick verewigt hat: »Oft bei der roten Helle einer Straßenlaterne, deren Flamme im Winde zuckt, indes die Scheiben klirren, im Herzen einer alten Vorstadt, verwinkelt, voller Unrat, wo die Menschheit gewitterschwanger gärt und brodelt« *(Le Vin des Chiffonniers)*. Baudelaire überkam angesichts der Haussmannschen Konstruktion und Destruktion historische Trauer: »Paris verändert sich! nichts aber hat in meiner Schwermut sich bewegt! neue Paläste, Gerüste, Steinblöcke, alte Vorstädte, alles wird mir zur

Allegorie, und meine liebsten Erinnerungen lasten schwerer als Felsen« *(Le Cygne)*.

Baudelaire sagt, daß das aktuelle neue und das noch vorhandene alte Paris nicht mehr von seinem unmittelbaren Blick wahrgenommen wird, sondern von einem durch Reflexion auf die Vergangenheit nur noch mittelbar die Erscheinung wahrnehmenden Blick: Alles bedeutet nun etwas, blitzt nicht mehr in reiner Gegenwärtigkeit wie bei Heine auf. Das nennt Baudelaire allegorisch, und Walter Benjamin wird dieses Wort in den späten dreißiger Jahren des 20. Jahrhunderts direkt aufnehmen, aber erneut dynamisieren im allerletzten historisch nachwirkenden Versuch, den von Heine erfundenen Mythos der Stadt zu erneuern, aber im Blick zurück. Paris wurde hier erstmalig zum Vergangenen. Benjamin war der erste, der die verlorene Vergangenheit glaubte qua geschichtsphilosophisch konzentriertem Blick retten zu können. Uns erscheint heute, im Unterschied zu unserer Perspektive in den sechziger und siebziger Jahren, dieser Blick mystisch outriert oder völlig verloren in einer durch viele Aktualitäten längst demontierten Erinnerungssehnsucht. Der 14. Juli 1989 hatte ihr endgültig das Ende gesetzt.

Die Banalität der touristischen Folklore trat an diese Stelle. Heinrich Heine hat den Parisdiskurs der deutschen Intelligenz nicht nur eröffnet, er hat ihn als geistiges Abenteuer erfunden. Was hatte er eigentlich genau erfunden? Nach unserer Charakteristik der verschiedenen Panoramen kann man eine Definition wagen: Heine erfand Paris als Utopie ohne utopisches Programm. Er verschob die republikanische Zeitvision in den Raum. Dieser war es ja nicht um Paris gegangen, sondern um eine politische Idee. Heine, der dieser Idee mehr mißtraute als vertraute, entwand ihr dennoch das zentrale Element: das Element namens »jetzt ereignet es sich«. Dieses Element hat es vorher nicht gegeben. Weder bei vorrevolutionären Schriftstellern der Stadt wie Diderot und Mercier noch bei nachrevolutionären wie Alfred de Vigny und Victor Hugo. Vom Pathos einer weltgeschichtlichen Bestimmung oder kosmologischen Identifikation der Stadt zu einer »gegenwärtigen« Wahrnehmung der Heineschen Art ist es ein weiter Weg.[1] Dieses Element »jetzt ereignet es sich« ist bei Baudelaire, bei Breton, bei Aragon, bei Benjamin und bei Lyotard wiederzuerkennen. Auf Heines Schultern standen keine Zwerge, sondern Giganten der Vorstellungskraft und Phantasiebildung. Sie waren keine Epigonen. Um so mehr aber zieht ihr Abenteuer heute den kälteren Blick einer historischen Distanzierung auf sich. Ist das Abenteuer Paris endgültig zerstört? Wahrscheinlich. Zerstörungen können durch Ablösungen geschehen. So hat das New York der sechziger und siebziger Jahre des 20. Jahrhunderts das Paris des Sartreschen Existentialismus abgelöst. Eine andere Faszination, ein anderes Pathos, das schon wieder vorbei ist. Zerstörungen aber können – und das wiegt schwerer – auch durch die Annihilation von Kategorien auftreten, Kategorien wie »Faszination«, »Geschichte« oder

---

[1] Vgl. Karlheinz Stierle, *Der Mythos von Paris. Zeichen und Bewußtsein der Stadt*. München: dtv 1998.

eben »die Stadt«. In diesem Zustand befinden wir Bewohner des Posthistoire uns jedenfalls seit geraumer Zeit.

Wenn dem aber so ist, dann gilt solche Annihilation allen Liebesblicken auf die Stadt, ist keine historische Entwertung des besonderen Heineschen Blickes. Dieses langsame Verschwinden des Bildes einer favorisierten Stadt ist das Verschwinden der Metropole als Mythos überhaupt. Die Stadt war seit der Antike die Essenz ihrer Kultur. Sie hieß Athen, sie hieß Rom, sie hieß Karthago. Die Metapher vom »Städtezerstörer« war deshalb eine furchtbare, besonders furchtbar, als sie Troja betraf, der Name, der am Anfang der europäischen Erinnerung steht. Die Catosche Formel des »Carthaginem esse delendam« kündigte das endgültige Ende der phönizischen Zivilisation an. Abgesehen von Rom hat erst die neuzeitliche Stadt, genauer die europäische Metropole des 19. Jahrhunderts, die geschichtsphilosophische und emblematische Bedeutung der antiken Stadt wieder erreicht, was eng zusammenhängt mit dem modernen Zentralisierungs- und Demokratisierungsprozeß, den Tocqueville entdeckte und den Heine fürchtete.

Paris ist nicht zerstört worden. Weder zu Anfang noch Ende des Zweiten Weltkriegs, als dies als Möglichkeit auftauchte. Als die französische Front im Mai 1940 zusammenbrach und die englische Regierung die Alternative einer neuen Front innerhalb der Mauern der Stadt zumindest erwog, wie sie es zweifellos im Falle Londons auch praktiziert hätte, da war die französische Entscheidung gegen eine solche Möglichkeit längst gefallen. Der Grund hierfür war letztlich kein strategisches Argument, wie der französische Regierungschef dem englischen Verbündeten zu verstehen gab, sondern ein existentiell symbolischer: Eine Zerstörung von Paris durch Bombardement und Straßenkampf wurde identifiziert mit dem Ende der französischen, ja der europäischen Identität. Auch Rom ist aus Gründen seiner kulturellen Bedeutung zur »offenen Stadt« erklärt worden. Aber in der Sakrosankterklärung von Paris wurde etwas Bedeutenderes ausgedrückt: die Bewahrung dieser Stadt als Bewahrung der Menschheit. Bewahrung vor jener Annihilierung, die Hitler gegenüber Paris befahl und gegenüber Berlin vollendete. Der Untergang Berlins ist jedoch nicht als Inszenierung der letzten Tage der Menschheit empfunden worden. Der Untergang von Paris wäre es gewesen.

Auch diese Schlußphantasie eines möglichen Untergangs von Paris gehört inzwischen zur Geschichte des Phantasmas von dieser Stadt. Seitdem ist jene angedeutete Veränderung eingetreten, die allerdings über das Nachlassen eines mythischen Charismas weit hinausgeht: Sowohl die Auflösung der großen Bilder der Stadt als auch eine tatsächliche Auflösung der Urbs als Common sense seiner Bürger und als privilegierter Lebensort. Es ist – auf Paris bezogen – die endgültige Annihilation eines Phantasmas, das zweihundert Jahre währte. Der Heinesche Blick auf Paris gewinnt nachträglich sogar mehr noch an Signifikanz. Er ist – solange wir alle noch in der Moderne wohnten – vielleicht überboten, aber nicht überholt worden. Die Worte, die Heine für seinen Liebesblick auf die Stadt wählte, sind zum ABC europäisch-kultureller Erinnerung geworden. Von welchem anderen konnten wir leben?

Jeremy Adler

»Natur und Kunst, sie scheinen sich zu fliehen«

Zur naturwissenschaftlichen Grundlage der modernen Literatur

Die Entstehung einer neuen deutschen Literatur im 18. Jahrhundert hängt entscheidend mit dem Erfolg der Naturwissenschaften zusammen: Diese forderten die Dichter heraus, zwangen sie zur Selbstbesinnung, zum Überdenken der Poetik und trugen verschiedentlich zur Neubestimmung der Literatur als Form des Wissens bei. Eigenschaften wie die exakte Beschreibung der Realität wurden zum Maßstab in beiden Feldern und förderten neue Entwicklungen, etwa den Aufstieg des Romans. So sicherte sich die Dichtung einen der Naturwissenschaft vergleichbaren Wert.

Die Mehrheit der deutschen Dichter war naturwissenschaftlich gebildet. Haller verdankte den größten Ruhm seinen Leistungen als Physiologe; Lichtenberg war Physiker; Herder besaß eine vielseitige wissenschaftliche Bildung; schon als Student besuchte Goethe medizinische und chemische Vorlesungen; Schiller studierte Medizin; der junge Jean Paul ließ sich durch Hallers Beispiel inspirieren; Novalis widmete sich der Geologie; Kleist wandte sich der Mathematik zu; Büchner folgte den Fußstapfen Hallers und Goethes; als Schulinspektor erwarb sich Stifter breite Kenntnisse in vielen Fächern, zumal in der Geologie. Im frühen 20. Jahrhundert finden sich unter den bedeutenden Autoren Mediziner wie Döblin und Benn; Kafka besuchte als Angestellter Vorlesungen über Technik; Musil hatte eine Ausbildung als Ingenieur; Broch studierte Mathematik; und – um einige wenige Beispiele aus der jüngeren Dichtung zu zitieren – Canetti qualifizierte sich als Chemiker, Franz Baermann Steiner besaß Fachkenntnisse als Biologe, Celan interessierte sich eingehend für Mineralogie, Hans Magnus Enzensberger verweist häufig auf naturwissenschaftliche Modelle.

Mit anderen Worten: Unter den Autoren, die den Aufstieg der deutschen Literatur in der Aufklärung begründeten und ihren Fortgang bis hin zur klassischen Moderne und in die jüngste Zeit hinein bestimmten, fällt ein hoher Grad an naturwissenschaftlicher Sachkenntnis auf. Ähnliches ließ sich in der englischen Lyrik – angefangen mit Donne und Pope – oder im französischen Roman von Balzac über Flaubert und Zola bis hin zu Proust feststellen. Manche deutsche Autoren – man denke an Lichtenberg – besaßen als Naturwissenschaftler internationales Ansehen. Oft ist die Rolle der verkappten Theologen bei der Entstehung der deutschen Literatur betont worden – hier soll der Beitrag der Naturwissenschaftler Anerkennung erfahren.

Die Unterscheidung zwischen Kunst und Wissenschaft ist für die ganze Epoche zentral. Es war vor allem Kant, der diese erkenntnistheoretische Differenz begründete. Von seiner Warte, gleichsam vom Mittelpunkt der modernen Kultur aus betrachtet, erscheint der Konflikt zwischen Naturwissenschaft und Literatur als axiomatisch. In der Nachfolge Kants bekräftigte

Schiller diese Auffassung. Allerdings kehrte er 1795 deren Verhältnis um, indem er der Dichtung den größeren Erkenntniswert zusprach: »Aber die Wissenschaft nur vermag den Zugang zu öffnen, / Und den heiligen Sinn hütet das mystische Wort.«

Als sich Goethe nach seiner Italienreise in Deutschland umblickte, auf der Suche nach einer neuen naturwissenschaftlichen Orientierung, fand er ebendiese Lage vor: »Nirgends wollte man zugeben, daß Wissenschaft und Poesie vereinbar seien«. Doch trotz des scheinbar unüberwindlichen Gegensatzes haben Autoren auch damals stets versucht, Naturwissenschaft literarisch zu gestalten, sie zu vermitteln, zu kritisieren und schließlich zu beeinflussen. Jean Paul umschrieb treffend das tiefere Verhältnis: »Freilich umgrenzen alle Wissenschaften die Poesie.«

Die Beziehungen sind vielfältig: von der dichterischen Verwertung einzelner Beobachtungen und Erkenntnisse über die stilistische Angleichung an die exakte Sprache der Forschung bis zur Aufnahme von Methoden und Theorien. Es gibt zahllose Bilder, Motive und Themen in der Dichtung, die aus der Naturwissenschaft stammen. Hinzu kommt die oft virulente Auseinandersetzung mit Fragen und Problemen, die sich durch den Fortschritt der Technik ergeben. Man findet ferner eine Fülle von literarischen Hinweisen auf Wissenschaftler, literarische Porträts von Forschern und Ärzten – man denke nur an die Figuren in *Meister Floh*, den Arzt in *Woyzeck*, an *Das Leben des Galilei* oder *Die Physiker*. Schließlich ließen sich ganze Bewegungen von den exakten Wissenschaften anregen, allen voran der Naturalismus, aber auch der experimentelle Roman und die experimentelle Poesie. Selbst diese knappe Übersicht mag andeuten, wie wichtig die Rolle der Naturwissenschaft bei der Entfaltung der modernen Literatur gewesen ist.

In Deutschland hat dabei der Enzyklopädismus eine bedeutende Rolle gespielt. Die Möglichkeit, universelles Wissen zu erlangen und systematisch auszubauen, war eine Grundidee für die Wissenschaft des Barock, wie man am Beispiel des Athanasius Kircher erkennen kann; später wurde dies ein wichtiges Thema der Literatur, und es kennzeichnet den universellen Anspruch vieler deutscher Autoren von Goethe, Jean Paul und Novalis bis hin zu Thomas Mann und Robert Musil. Die Haltung der Schriftsteller gegenüber diesem Faustschen Anliegen, universelles Wissen literarisch zu erfassen, stellt eine Konstante dar, anhand deren man die Beziehung zwischen Literatur und Naturwissenschaft als kontinuierlich fortgeführte Debatte begreifen kann.

In der Nachfolge Galileis und Newtons hatte das strenge Paradigma der naturwissenschaftlichen Gesetze den Enzyklopädismus im Laufe des 17. und 18. Jahrhunderts ersetzt. Dieser blieb jedoch besonders in Deutschland als geistiges Modell erhalten, versinnbildlicht vor allem durch die Figur des Faust, vielleicht als Korrelat zum Überleben absolutistischer Herrschaftsformen im Zeitalter des Republikanismus. Tatsächlich scheinen sich in der damaligen deutschen Literatur die beiden Paradigmen weit mehr überlagert zu haben als in England oder in Frankreich, wobei die Erhellung wissenschaftlicher Gesetze der althergebrachten Suche nach universellem

Wissen eine neue Orientierung verlieh. Es geht hier also um Fragen nach der Struktur des Wissens, dem Ort des Wissens und den Prinzipien des Wissens.

Albrecht von Haller ist wohl der erste Autor der Aufklärung, der als Polyhistor zum Inbegriff des gebildeten Dichters wurde, und zwar dank seiner dichterischen Begabung und der Vielfalt seiner Tätigkeiten – unter anderem auf den Gebieten der Medizin, der Physiologie, der Botanik, der Theologie und der Politik. Nach Kant ist er »der erhabenste unter den deutschen Dichtern«. Auch Herder lobt »den unsterblichen Haller«, und Goethe definiert sein eigenes Naturverständnis immerhin in Opposition zu Haller.

Hallers *Die Alpen* schufen für das gebildete Deutschland eine neue Kulturtopographie. Sein Gedicht hat die moderne Faszination für die Berge wenn nicht erfunden, so doch bestärkt, es hat auch, was in diesem Kontext wichtiger ist, die Kulturlandschaft Deutschlands entscheidend erweitert. Haller bezieht als erster Autor die Schweiz als Positivum in den imaginären Raum ein und gibt ihr eine neue Stellung in der geistigen Wirklichkeit der Deutschen. Von jetzt an konnte man auch im Norden die Schweiz als legitimen Teil des intellektuellen Erbes begreifen. Gedichte wie Klopstocks *Zürchersee*, das auf Haller anspielt, sowie Goethes *Auf dem See* haben die Bedeutung des Landes bekräftigt. Als imaginärer Raum erscheint die Schweizer Landschaft auch im *Werther*, und so erweitert sich die Tradition der erhabenen Gebirge. Sie findet in Manns *Zauberberg* und Brochs sich mit dem Wissen eingehend beschäftigenden *Bergroman* ihren Höhepunkt. Diese Umformung der Kulturlandschaft und das neue Selbstverständnis der deutschen Literatur hängt, so die These, entscheidend von der naturwissenschaftlichen Vorstellungsart ab, die Haller in seinem Gedicht entfaltet und die seine Nachfahren von ihm übernehmen. Hallers wissenschaftlicher Enzyklopädismus in den *Alpen* begründet eine Tradition, die bis ins 20. Jahrhundert andauert.

Anders als Vergils Naturgedichte oder auch James Thomsons *Seasons*, mit dem sie manche Ähnlichkeit besitzen, bieten Hallers *Alpen* die systematische Darstellung eines realen Gebietes: Mit kühnem Realismus liefert der Dichter das Bild einer Region, die er als geographische, biologische, soziale und politische Einheit begreift. Wie er in der Botanik die Pflanze in ihrer Umgebung betrachtet, so versteht er in den *Alpen* die Schweizer Berge als Umwelt für den Menschen. Dieses verbreitete Umweltdenken der Aufklärung bestimmt die Struktur von Hallers Gedicht, in diesem Denken berühren wir den Kern seines poetischen Anliegens.

Karl S. Guthke hat darauf hingewiesen, daß für Haller Dichtung »Denken im Vers« bedeutet. Dadurch kann Haller Hypothesen entwickeln, die er als Naturwissenschaftler kaum formulieren würde. Die Blumenbeschreibungen in den *Alpen*, etwa die des Enzians, die der Autor mit wissenschaftlichen Fußnoten versieht, sind für ein Verfahren typisch, das sich durch die Kombination von Intellekt und Vorstellungskraft auszeichnet. In den späteren Ausgaben bringt Haller auch Varianten: Sein Apparat verweist auf den veränderlichen, hypothetischen Charakter allen Wissens und legitimiert seine Aussage mit philologischer Exaktheit.

Die Ästhetik des Erhabenen, die Haller vertrat, ist von der modernen Kultur glanzvoll bestätigt worden: Die Ansicht von Eiger, Mönch und Jungfrau in seinem Gedicht ist heute weltbekannt. Selbst im Denken des Ostens besitzt sie ihren Stellenwert, seitdem der japanische Kaiser sich in die Gegend verliebte. Die ästhetische Aufwertung trug nicht zuletzt zu einer tiefgreifenden Veränderung der Schweizer Ökonomie durch den Tourismus bei. Aber die Ikonographie stellt nur einen Aspekt von Hallers Gedicht dar neben ganz anderen Motiven wie Botanik, Mineralogie, Geologie, Klimatologie, wie Landwirtschaft, Bergbau, Jagd, Unterhaltung, Justiz und Politik.

Um seine Ansichten darzulegen, benutzt Haller seine originelle Strophenform zur Herstellung einer große Induktion, in der er Bilder und Gedanken zu einer regelrechten Beweiskette zusammenfügt. Wenn er etwa die Schönheit der Berge preist, so behauptet er zugleich ihre Angemessenheit als Heimat, als »weiter Aufenthalt von mehr als einem Volke«: Die ästhetische Anschauung geht direkt in die politische Argumentation über. Da der Dichter die Berglandschaft als ästhetische Erfahrung erstmals benennt, nimmt er die Perspektive eines selbstbewußten Beobachters ein, um den Sonnenaufgang als Sinnbild der Aufklärung darzustellen. Er spricht so, als ob er die Szenerie zum ersten Mal entdeckt.

> Ein angenehm Gemisch von Bergen, Fels und Seen
> Fällt nach und nach erbleicht, doch deutlich, ins Gesicht,
> Die blaue Ferne schließt ein Kranz beglänzter Höhen,
> Worauf ein schwarzer Wald die letzten Strahlen bricht;
> Bald zeigt ein nah Gebürg die sanft erhobnen Hügel,
> Wovon ein laut Geblök im Tale widerhallt;
> Bald scheint ein breiter See ein Meilen-langer Spiegel,
> Auf dessen glatter Flut ein zitternd Feuer wallt;
> Bald aber öffnet sich ein Strich von grünen Tälern,
> Die, hin und her gekrümmt, sich im Entfernten schmälern.

Hallers Darstellung verbindet den ästhetischen Genuß der Szenerie mit einer Anthropologie der Bergrepublik. Dabei evoziert er eine Beweislinie, die Umwelt, Natur und Naturrecht mit dem demokratischen System der Schweiz verbindet. In den Alpen, heißt es im Gedicht, gibt »die Natur allein Gesetze«, hier bildet »ein lebendes Gesetz, des Volkes Richtschnur«. Natur und Mensch unterliegen *einem* Gesetz. Man kann beide mit den gleichen Mitteln begreifen. Indem Haller seine These vor Augen führt, transzendiert er die wissenschaftlichen Grenzen seiner Epoche und imaginiert in Anlehnung an Hippokrates und Montesquieu eine neue Disziplin, eine Art ökologische Anthropologie. Durch diese projiziert er sein politisches Ideal. Das heißt: Mit den Mitteln der Poesie vermag Haller wissenschaftliche Risiken einzugehen, um separate Gebiete wie Recht und Naturwissenschaft zu verbinden. Die Literatur nach Haller zeichnet sich durch ähnliche wohlerwogene Risiken aus. Anders als die Dichtung des Barock ist die moderne Literatur nicht eine Form des Spiels, sondern des *Experiments* – stets Wagnis und Versuch. Für Hallers Gründerrolle hierbei ist es kennzeichnend, daß seine Neuerung zur Norm wurde, wie man beispielhaft von Goethes *Wanderjahren* zu Stifters *Nachsommer* bis hin zu Manns *Zauberberg* erkennen kann. Alle drei haben die Alpenlandschaft als Ort für eine aktuelle kulturelle beziehungsweise politische Debatte inszeniert: Höhenluft macht klare Köpfe.

Goethe behandelt die Verbindung von Dichtung und Wissenschaft als Axiom, wie dies schon in der Renaissance erfolgte, als der Künstler je nach Lage und Bedarf als Dichter, Maler, Architekt oder Ingenieur hervortreten konnte. Goethe verlieh dem Ideal eines universellen Wissens eine neue Kohärenz, indem er es mit dem Bild eines universellen Menschen im Sinne Leonardos verband und Universalität als Tätigkeit auffaßte. So ersetzte er den Ansatz Hallers durch einen organischen Enzyklopädismus. In seinem Gedicht *Allerdings*, das fast ein Jahrhundert nach den *Alpen* erschien, kritisiert Goethe Hallers Verständnis der »Natur«, die einem einerseits als »Kern«, andererseits als »Schale« begegne. Goethe vertritt eine neue, eine einheitliche Vision: »Alles ist sie (die Natur) mit einem Male«. Goethes Paradigma entspricht der Stelle im *Faust*, da Faust der Suche nach dem Wissen (»Daß ich erkenne, was die Welt / Im Innersten zusammenhält«) entsagt und statt dessen universelle Erfahrung begehrt: »Und was der ganzen Menschheit zugeteilt ist, / Will ich in meinem innern Selbst genießen«. Goethe selbst hat dem Hang nach universellem Wissen nie eine Absage erteilt, denn seine Weltanschauung bezieht sich auf das Potential des Menschen, die Natur in ihrem innersten Wesen nachzuempfinden. Diese Auffassung stellt den Mittelpunkt seiner Poesie, zugleich aber seiner Naturwissenschaft dar.

Mit Goethe gehen Literatur und Naturwissenschaft eine synergetische Beziehung ein: Beide basieren auf Erfahrung und erhöhen sich wechselseitig, jedes Gebiet erweitert die Einsichten und Methoden des anderen. Goethe faßte dies als seine »synthetische« Art auf, im Gegensatz zur Analytik der neueren Physik. Eine solche Wechselseitigkeit ermöglicht ihm mit seinem organischen Enzyklopädismus, mehr unterschiedliche Felder zu vereinigen als irgendein früherer Künstler. In der Literatur brilliert er in allen herkömmlichen Gattungen: Lyrik, Epik, Drama. Hinzu kommt bei Goethe eine Fülle der Formen – Brief, Tagebuch, Selbstbiographie, Aphorismus, Essay und Abhandlung. In den Naturwissenschaften bemerkt man eine ähnlich systematische Anlage im Studium der drei Reiche der Natur – Geologie, Botanik und Zoologie. Diese Vielfalt ergibt, was Goethe einmal als »ein Ganzes« bezeichnet: verschiedene Ausdrucksformen, die sich aufeinander beziehen, ihren Charakter verändern und in neuer Gestalt erwachsen. Dementsprechend bedient sich Goethes Dichtung Einsichten aus Physik, Chemie, Botanik, Zoologie und nimmt auch in literarischer Form einen Standpunkt der Exaktheit ein.

Gelegentlich vermag Goethes Lyrik seine Theorie auszudrücken oder gar vorwegzunehmen. *Wanderers Nachtlied* etwa gestaltet die Landschaft zwar nach dem statischen Muster der drei Naturreiche, antizipiert jedoch in literarischer Form Goethes organische Morphologie. In *Was wär ein Gott* knüpft Goethe an eine Debatte an, wie sie sich im Briefwechsel zwischen Leibniz und Samuel Clarke niederschlug. Typisch für die Probleme, die durch diese

Debatte entstanden, war die Frage nach Gottes Relation zum absoluten Raum: Wenn Gott im Raum präsent, aber der Raum als ein Attribut Gottes zu verstehen sei, stellt sich die Frage, wie er in einem Attribut enthalten sein könne. Goethes Gedicht löst das Problem durch den Begriff der wechselseitigen Enthaltung.

> Was wär' ein Gott, der nur von außen stieße,
> Im Kreis das All am Finger laufen ließe!
> Ihm ziemt's, die Welt im Innern zu bewegen,
> Natur in sich, sich in Natur zu hegen,
> So daß, was in Ihm lebt und webt und ist,
> Nie Seine Kraft, nie Seinen Geist vermißt.

Goethe betrachtet die Probleme im Briefwechsel zwischen Leibniz und Clarke von Spinozas Warte aus. So vermag er seine eigene Begrifflichkeit einzuführen. Er widerspricht der Idee eines äußeren Gottes und behauptet eine einheitliche Gottheit, die vom Mittelpunkt der Schöpfung aus operiere, also »im Innern«. Diese »Gott-Natur«, wie sie Goethe an anderer Stelle nennt, besitzt eine grundlegende Polarität – die Polarität von Geist (Gott) und Materie (Natur). Die Gegensätze sind wechselseitig ineinander eingebettet, jeder ist im anderen enthalten und wirkt in ihm fort. Existenz, Leben, Tätigkeit – das Gedicht führt diese durch die Verben »ist«, »lebt« und »webt« ein – sind unlösbar verbunden. Als transzendentale Mächte beteiligen sie sich am dynamischen, materiellen Aspekt Gottes (»Kraft«) und an seiner metaphysischen Substanz (»Geist«). Gott ist allgegenwärtig.

Dies berührt ein weiteres Thema: die empirische Wirklichkeit der universellen Anziehungskraft, Newtons »gravitational attraction«. Die Frage bleibt offen, doch scheint es, daß für Goethe die Anziehung (anders als für Newton) nicht nur ein quantifizierbares, letztendlich mysteriöses Ergebnis des göttlichen Willens darstellt, sondern den unmittelbaren Ausdruck von Gottes Handeln in der Natur. In solchen Fällen vermag es ein ästhetisches Gebilde, über die festen Grenzen der Naturwissenschaft hinauszudenken, um kühne Hypothesen lyrisch zu entfalten. Goethe setzt dies in seinen kosmologischen Gedichten fort, die in Anlehnung an Lukrez und die Vorsokratiker eine neuzeitliche, von Kant und Laplace angeregte Kosmologie in lyrischer Form entfalten. In Gedichten wie *Weltseele* erlaubt sich Goethe Spekulationen, an die er sich in seinen wissenschaftlichen Schriften nicht heranwagt. Wenn er solche Themen in *Die Wahlverwandtschaften* und *Wilhelm Meisters Wanderjahre* anspricht, so nur ironisch verkleidet. Hingegen identifiziert *Weltseele* unumwunden die »Gesetze« des Weltalls mit den moralischen »Regeln«, die den Menschengeist regieren.

Indem er seine Ansichten in einem als objektiv begriffenen Subjekt begründet, vermag Goethe gleichsam von innen her die alte statische Harmonie zwischen Mikrokosmos und Makrokosmos im Zeitalter der modernen Physik zu beschwören, jene durch eine dynamische Lehre aufzuwerten und diese durch einen innovativen Begriff naturwissenschaftlicher Gesetze zu bereichern. Blieb für Kant der kategorische Imperativ lediglich ein Analogon zu den naturwissenschaftlichen Erfahrungssätzen Newtons, so sind für Goethe moralische wie wissenschaftliche Gesetze homolog und besitzen eine grundlegende Identität.

Gleich Haller führt Goethe die Debatte über Naturgesetze in einer Form fort, die sich mathematisch nicht erfassen läßt. Newton, der im Anschluß an Galilei und Kepler den heutigen Begriff eines universellen Gesetzes etablierte, verstand dieses als eine quantifizierbare, durch die ganze physische Natur verbreitete Größe, wie sie sich beispielhaft im Gesetz der universellen Anziehung darstellt. Goethe dagegen beginnt mit Erkenntnissen, die er aus dem organischen Bereich gewinnt. Seine Gesetze beziehen sich auf das Innere der Natur, auf das aktive Prinzip, das alle Lebewesen bestimmt. Der Aufsatz *Die Metamorphose der Pflanzen* definiert »die Gesetze der Umwandlung, nach denen (die Pflanze) Einen Teil durch den andern hervorbringt«. »Gesetz« heißt hier generative Regel. Wenn Goethe später von der Botanik auf die Optik zu sprechen kommt, so folgt er Kant und Schelling und setzt Newtons Begriff der »Anziehung« den Begriff der »Abstoßung« entgegen. Die neu akzentuierte Dualität schafft die bekannte Idee der Goetheschen »Polarität«. Diese wiederum verbindet Goethe mit der aus seiner Botanik gewonnen Idee der »Steigerung«, die er auch in seiner *Farbenlehre* anwendet.

Statt mathematischer Komplexität setzt Goethe auf begriffliche Subtilität, indem er zwei Universalien einführt. »Polarität und Steigerung« betrachtet er als verbundene Begriffe, behandelt sie jedoch nicht nur als Gesetze, sondern auch als Prinzipien, als »die zwei großen *Triebräder* aller Natur«. Sie bilden zugleich Gesetze und Kräfte, Prinzipien und Ursachen, die in der physischen Natur wie auch im organischen Bereich erscheinen und schließlich sogar in der moralischen Natur des Menschen. Insofern sie mathematisch unerwiesen sind, bleiben sie schwächer als Newtons Gesetze; aber insoweit sie eine Vielzahl von Phänomenen verbinden, erhalten sie intellektuell ihre eigene Würde. In den *Wahlverwandtschaften* und in *Wilhelm Meisters Wanderjahre* untersucht Goethe eingehend die Beziehung zwischen dem menschlichen und dem organischen Bereich im Zeichen solcher Gesetze. Wilhelm Meister zum Beispiel entwickelt seine Persönlichkeit zwischen den Polaritäten Jarno/Montan, den Geologen, und Makarie, der Astrologin, deren »Archiv« eine harte Kritik der modernen Physik liefert: »Natur und Kunst, sie scheinen sich zu fliehen / Und haben sich, eh' man es denkt, gefunden.«

Goethes Ansichten haben die romantische Sehnsucht, Kunst und Wissenschaft zu vereinigen, teils inspiriert, teils wurden sie selbst durch dieses Bestreben der jüngeren Generation angeregt. Vor allem die Frühromantiker behandelten die Vereinigung der Wissenschaften und Künste als paradigmatisch, namentlich in Schlegels »Universalpoesie«, in Novalis' »Enzyklopädismus« sowie im *Ältesten Systemprogramm des deutschen Idealismus* von Schelling, Hölderlin und Hegel. Wenn Albrecht von Haller und seine Zeitgenossen die Naturwissenschaft in Anspruch nahmen, um das Ideal der Aufklärung zu formulieren – dieser diente die Naturwissenschaft als grundlegendes Beispiel –, so wird im Zeitalter der Romantik die Beschäftigung mit den zwei Kulturen zum Mittel, politische Gefahren zu bannen: Novalis nach

1789, Stifter im Jahre 1848, Thomas Mann nach dem Ersten Weltkrieg formulieren ihre Ansichten über die zwei Kulturen als Antwort auf eine allgemeine Krise. Hinter der Zwei-Kulturen-Debatte steckt ein weitaus tieferes Unbehagen an der Kultur.

Der enzyklopädische Anspruch der Romantik sowie der mit Wielands *Agathon* einsetzende experimentelle Blick des Bildungsromans – Agathons Erfahrungen laufen wie eine Versuchsreihe ab – finden sich musterhaft in Novalis' *Die Lehrlinge zu Sais* wieder, einem Roman, der die Pädagogik eines Geologen aufgreift und auf den allgemeinen Wissenserwerb anwendet. Der *Agathon* und die *Lehrjahre* stellen die individuelle Bildung unter dem Eindruck externer Faktoren dar – Novalis verallgemeinert in seiner Opposition zu Goethe die Problematik, indem er die Methodologie zum Thema erhebt. Der Roman kreist um die Frage, wie Wissenschaft überhaupt Wissen erlangt. Das Fazit ist eine neue Definition des Verhältnisses zwischen Wissenschaft und Kunst.

Der Erzähler der *Lehrlinge zu Sais* bekräftigt die kulturelle Einheit: »Naturforscher und Dichter haben durch *eine* Sprache sich immer wie *ein* Volk gezeigt.« Doch innerhalb dieser Einheit erkennt der Erzähler an, daß die Tätigkeiten diametral entgegengesetzt sind. Jene verfahren analytisch, destruktiv: »Unter den Händen (der Naturforscher) starb die freundliche Natur und ließ nur tote, zuckende Reste zurück«; die Dichtung stellt hingegen eine kreative Synthese dar: »dagegen (die Natur) vom Dichter, wie durch geistvollen Wein, noch mehr beseelt, die göttlichsten und muntersten Einfälle hören ließ«. Doch geht der Roman über diese Dichotomie hinaus, um den wechselseitigen Einfluß zu betonen: Auf der einen Seite, so behauptet der Erzähler, ist »die Dichtkunst das liebste Werkzeug der eigentlichen Naturfreunde gewesen«; auf der anderen benutzt er zwei verwandte Strukturen, um seinen Text zu gestalten: jene philosophisch-dialektische und jene andere, aus der Physik übernommene, die das Argument – metaphorisch verstanden – in konzentrische Kreise nach dem Modell von Chladnis »Klangfiguren« anordnet. Diese Kombinatorik beinhaltet, was Novalis selbst ein »Experimentalcalcul« nennt:[1] Durch Permutationen erforscht der experimentelle Wissenschaftler – und gleich ihm der Roman – die Grenzen der Naturwissenschaft und schafft neue Formen des Wissens.

Zu den typischen Beispielen in *Die Lehrlinge zu Sais* gehören die Sequenzen, die dem Prinzip der drei Reiche der Natur nacharbeiten. Manche Sätze benutzen diese Grundfigur, aber setzen jeweils ein überraschendes, konkretes Beispiel an Stelle der Kategorie, etwa »Pflanzen, Tiere, Menschen, *Höhlen*«: Permutationen knüpfen das Spezifische ans Allgemeine und suggerieren eine phantasievolle, höhere Form des Wissens. So enthüllt sich die verborgene Struktur des Alls in allen Wesen. In ähnlicher Weise kombiniert der Roman die Ansichten von Philosophen wie Leibniz, Kant, Hemsterhuis, Fichte und Schelling. Novalis nennt dieses Verfahren auch »Potenzieren«. Es

---

1 Vgl. Fergus Henderson, *Romantische Naturphilosophie.* In: Herbert Uerlings (Hrsg.), *Novalis und die Wissenschaften.* Tübingen: Niemeyer 1997.

handelt sich dabei um eine Verbindung von Naturwissenschaft und Dichtung, die zu einem für die Romantik typischen Transzendentalismus führt. Dabei greift Novalis auf das barocke Modell eines kombinatorischen Enzyklopädismus zurück, um die organische Anschauungsart Goethes neu zu beleben und vielleicht sogar zu überspielen.

So wie *Wilhelm Meisters Wanderjahre* in einem »Lehrbrief« gipfelt, endet Novalis' *Die Lehrlinge zu Sais* – sein erster Versuch, Goethes Bildungsroman zu überwinden – mit einer Erläuterung der Prinzipien einer universellen Methode: »Mit Hülfe dieser erlangten Einsichten wird er sich ein System der Anwendung dieser Mittel bei jedem gegebenen Individuum, auf Versuche, Zergliederung und Vergleichung gegründet, bilden, sich dieses System bis zur andern Natur aneignen«.

Indem er diese Methode zum Thema erhebt, bettet Novalis den enzyklopädischen Experimentalismus in die literarische Kultur ein. Diese neue Form des Enzyklopädismus liefert für seinen Roman das Zentrum, die eigentliche Organisationsidee. Nie wieder hat ein wissenschaftliches Projekt einen solchen Stellenwert in einem Roman erhalten, auch wenn dies auf Kosten der eigentlichen Handlung und eines wahren geographischen Ortes erfolgt, worauf sich das ideale Wissen projizieren ließe. Novalis' fiktives Ägypten kann man nie mit einem realen Deutschland identifizieren, oder überhaupt mit einem realen Land. Dem ortlosen Anliegen fehlt jede politische Verbindlichkeit. Doch gerade dann, wenn sein utopischer Charakter den schwachen Punkt von Novalis' Bemühen nahezulegen scheint, bestätigen die brillanten Einsichten und die nachhaltige Rezeption Sinn und Wert seines Experiments.

Die Werte, die Goethe vertrat und die in der Jenaer Romantik zu elitären Prinzipien der Wissensbildung avancierten, wurden im Laufe des 19. Jahrhunderts verbürgerlicht. Auf die sich vertiefende Kluft zwischen Wissenschaft und humanen Werten reagierte der humanistische Betrachter in Anlehnung an Goethe und nahm die moderne Naturwissenschaft zunehmend als etwas Böses wahr, was dem Erfolg der Naturwissenschaft – ökonomisch, aber auch als Bildungsinstanz – keinen Abbruch tat. Stifters Dichtung ist dessen Ausdruck, die Übersetzung des Diskurses in eine bescheidenere, lokale Szenerie. Hier zeigt sich ein neuer Menschentyp, der moderne Bürger, in seinem mittleren Bildungsstreben. Novalis' metaphysische Enzyklopädik gestaltet sich bei Stifter als bürgerlicher empirischer Enzyklopädismus.

Wie seine englische Zeitgenossin George Eliot reagiert Stifter auf die kulturellen Aporien des 19. Jahrhunderts. Eliots *Middlemarch* ist der erste englische Roman, der sich in der deutschen enzyklopädischen Tradition verortet, aber ihr letzter Roman, *Daniel Deronda*, fragt auch, »ob die beste Erziehung eine naturwissenschaftliche oder humanistische sei«. Eliot und Stifter stellen das nach Bildung strebende Individuum als prinzipiell verwandlungsfähig dar, ob als Humanist oder als Naturwissenschaftler. Auf die deutsche Schule anspielend, präsentiert George Eliot ihren Helden als jungen Mann, der sich jetzt wünschte, »eine Art Lehre des Lebens durchzumachen, nur sollte ihn diese nicht gar zu eindeutig formen und der Wahlfreiheit berauben, die einem freien Wachstum entspringen mag«. Aber die Universität Cambridge verlangt eine klare Entscheidung. »Weil er auf die Fortführung seiner in Eton begonnenen klassischen Studien nichts gab, wandte er sich voller Elan der Mathematik zu«. Er wird von seinem Vorhaben durch die Sympathie für den Freund mit dem deutsch klingenden Namen Hans Meyrick abgebracht, dem er hilft, ein Stipendium für das Studium der klassischen Philologie zu erlangen, dabei aber seine eigene Karriere als Mathematiker opfert. Genau dieses Dilemma, den Konflikt zwischen Dichtung, Naturwissenschaft und Humanität, behandelt Stifter im *Nachsommer*.

Stifters gegenkulturelles Idyll löst das Problem, indem es ein neues Paradigma erschafft. Es vermittelt das Ideal des Renaissancemenschen mit der bürgerlichen Gesellschaft. In dieser erhabenen Utopie entwickelt sich der Mensch als physisches Wesen durch Bewegung und Turnübungen, intellektuell formt er sich durch das Studium der Natur. Körper und Geist entwikkeln sich in harmonischer Verbindung, etwa durch Wanderungen in den Bergen. »Künste und Wissenschaften« sind hierbei ein Leitmotiv, da sie zusammen das Individuum zur Vollendung führen und daher auch die Gesellschaft als Ganzes vervollkommnen.

Wie *Die Lehrlinge zu Sais* und *Wilhelm Meisters Wanderjahre* verspricht *Der Nachsommer*, Kunst und Naturwissenschaft in einer idealen Erziehung zu verschmelzen. Stifter präsentiert beide als sozialisierende Kräfte, durch die der Riß in der Psyche geheilt und der gesunde Staat herbeigeführt werden könnte. Konflikte im Umfeld des Romans – man denke an das Jahr 1848 – lassen sich lediglich durch ihre Abwesenheit erkennen. Die geordnete organische Bildung des jungen Mannes Heinrich Drendorf beginnt mit Heinrichs Plan, »Wissenschafter im Allgemeinen« zu werden. Indem er seinen Neigungen außerhalb der Universität nachgeht, folgt Heinrich seinen natürlichen Anlagen; es scheint, daß er gerade darum ein enzyklopädisches Wissen erlangt, weil er von der erzieherischen Norm abweicht. Er beginnt mit dem Studium der Mathematik, wendet sich aber bald praktischen Gegenständen zu wie Agrarwissenschaft, Handel, Industrie. Dann geht er zur Naturgeschichte über, studiert Botanik, Geologie und Zoologie, Meteorologie, Paläontologie und Erdkunde. Diese bunte Mischung entspricht seinen Erfahrungen zu Hause und in der weiteren Gegend, wo Spaziergänge und Wanderungen seine Bildung anregen. Stifter entwickelt im Kontext der eigenen Heimat das von Haller in die deutsche Poesie eingeführte Umweltdenken. Die deutsche Literatur wendet sich von der Schweiz nach Osten, nach Österreich, und so hebt eine neue Phase im Selbstverständnis des dichterischen Raums an, fortgesetzt von Kafka, Musil, Broch und Doderer – oft in Anlehnung an naturwissenschaftliche Fragestellungen.

Es wird schließlich klar, daß Heinrich sich der Erforschung der Erdoberfläche widmen will. Mehr als einmal erwähnt er seine geomorphologischen Studien. Das mag an Goethe und Novalis erinnern, Stifter kannte aber auch neue Lehren wie die Charles Lyells. Lyells evolutionäre Theorie, derzufolge sich die Erde über mehrere Millionen Jahre entwickelte, ist für Stifter so bedeutsam, wie sie es für Darwin wurde. Wie Goethe hielt Lyell nichts von geologischen Katastrophen: Dieselben Gesetze herrschen für alle Zeiten. Lyells Maxime war für Darwins Entdeckungen zentral, auch Stifter greift sie in seinem »sanften Gesetz« auf, das da lautet: Sehr verschiedene Phänomene können gleiche Ursachen haben. Damit setzt Stifter die mit Haller, Kant und Goethe anhebende ethische Wende fort, indem er zwar einerseits im Dialog mit den exakten Wissenschaften die Moral an die Naturgesetze angleicht, umgekehrt aber diese zu vermenschlichen, ihnen ihre Härte zu rauben versucht.

Den Höhepunkt in der ersten Phase von Heinrichs Erziehung bildet sein Studium der Malerei. Dieses führt zu einer fruchtbaren Wechselwirkung zwischen Künsten und Wissenschaften. Den Erfolg seiner Bildung zeigt die Episode, als er eine Gebirgstour im Winter unternimmt: Die Planung, die Besteigung sowie die spätere Beschreibung der Unternehmung vereinigen seine unterschiedlichen Fähigkeiten. Ein klarer Blick, exakte Kenntnisse verhelfen ihm zu einem profunden Verständnis der Berge, das er mit allen Mitteln der Phantasie mitzuteilen vermag.

Stifters Roman rühmt die Bedeutung der Künste und Wissenschaften als *praktisches Wissen*. Diese Problematik leuchtet am Schluß des Romans ein letztes Mal auf, als der Erzähler die rhetorische Frage stellt, »ob ein Umgang mit lieben Freunden, ob die Kunst, die Dichtung, die Wissenschaft das Leben umschreibe und vollende«. Stifter mag einen binären Gegensatz im Wissen sehen, aber die Persönlichkeit kann ihn überwinden und dialektisch in einem höheren Wert vereinen, im Glauben an die Existenz des Guten.

Diese Ordnung hängt entscheidend mit dem Verständnis der Geschichte zusammen, die der Roman nahelegt. Die geologische *longue durée*, die langsamen organischen Prozesse, die Vision eines natürlichen Vorgangs mündet in die ästhetische Antwort auf die politischen Umwälzungen des Jahres 1848: Wer in Harmonie mit der Natur lebt und eine auf das ganze Leben hin geplante moralische Erziehung verfolgt, hat die Möglichkeit, friedliche Änderungen in der Welt zu vollziehen. Das beinhaltet einen Rückzug von den Idealen des übergreifenden Enzyklopädismus: Stifters Wissenschaft ist positivistisch, spezialisiert, graduell, stärker durch die praktischen und ästhetischen Ziele eines guten Bürgers geleitet als Novalis' aristokratische Suche nach absolutem Wissen. Wenn man so will, kann man hier von einem positiven Enzyklopädismus sprechen, mit dem sich der gebildete Bürger in Beziehung zum Weltgesetz setzt.

Die inhärenten Spannungen des Weltwissens vermag Stifter noch auszugleichen, doch erreichen die Konflikte zwischen Humanismus und Naturwissenschaft eine neue Intensität im kühnsten aller Bergromane, in Thomas Manns *Zauberberg*. Wenn frühere Autoren ihre Kulturdiagnose anhand eines verzweigten, aber letztendlich einheitlichen Bildungsweges zu stellen vermochten, bricht dieses Modell in der Krisenlage des frühen 20. Jahrhunderts zusammen. Der Bildungsroman wird zum Zeitroman, die Bergwelt zum medizinischen Labor, in dem der Autor die Krankheit der Moderne diagnostiziert. So mündet die Debatte zwischen Kunst und Wissenschaft in eine konfliktreiche Dialektik ein, die unsere Kultur an der Wurzel packt. Mit unerbittlicher Genauigkeit nennen einige Kapitelüberschriften des Romans die wichtigsten Punkte jener Debatte: »Enzyklopädie«, »Humaniora« und »Forschungen«. Der Roman verweist auf ein Dilemma, das die neuere europäische Literatur seit ihrem Entstehen beherrscht. Mit einem Topos, der inzwischen ein Gemeinplatz geworden ist, setzt *Der Zauberberg* die neue Physik, die Theorie der Relativität, in Beziehung zur Kultur überhaupt und begreift so das Verhältnis zwischen den Künsten und Wissenschaften als Sinnbild für eine tieferliegende kulturelle Malaise.

Die kulturellen Echos im Roman legen die Existenz jener enzyklopädischen Tradition nahe, der hier nachgegangen wurde. Hans Castorp wird mit wissenschaftlichen Daten aus den verschiedensten Gebieten geradezu bombardiert – allen voran Anatomie, Physiologie, Biologie, Embryologie und Medizin. Tatsächlich verarbeitet der Roman gleichzeitig ganz verschiedene, miteinander kaum zu vereinende Formen des Relativitätsdenkens – das von Nietzsche, Mach, Einstein;[2] so mischen sich in ästhetischer Gestalt Positivismus und Relativismen in einer wissenschaftlich kaum nachzuvollziehenden Synthese. Vom ersten Moment an, als Hans Castorp seine Bahnreise in die Alpen mit einem Buch unternimmt, das *Ocean Steamships* heißt, bemerkt man, wie sehr die Werte auseinanderklaffen. Einerseits unterminiert die Wissenschaft alle humanen Anschauungen: Das griechische Ideal des Praxiteles scheint redundant anhand des Vortrags eines modernen Arztes über Fett, Blut, Lymphe; andererseits relativieren menschliche Gefühle oft genug wissenschaftlich akzeptierte Begriffe: Die magischen Röntgenstrahlen wirken wie eine Frechheit, ein parodistischer Nachkömmling der Vivisektion.

Thomas Manns Ironie ermöglicht eine Form von Analyse, die am Anfang des 20. Jahrhunderts nur in Romanform möglich war und erst in der Postmoderne zum wissenschaftlichen Anliegen wurde. Von der Perspektive des Romans aus gesehen kann die Naturwissenschaft nicht als Maß und Quelle von Werten dienen. Der Roman selbst vermag dagegen ihre Erkenntnisse zu steigern, in neue Theorien einzubauen. Angesichts dieser Lage können sich die alten, in der Gesellschaft integrierten Autoritäten wie Dichter, Priester und Wissenschaftler nicht mehr behaupten. An ihre Stelle tritt der ungebundene Intellektuelle als Verkünder der Werte. Die Hierarchien, auf die sich der Polyhistor stützte, zerfallen in der zentripetalen Gesellschaft. Ein letztes Mal vielleicht beschwört *Der Zauberberg* das verlorene enzyklopädische Ideal. Zugleich behauptet er die Fähigkeit der Kunst, Naturwissenschaft zu kritisieren und vielleicht auch hin und wieder zu beeinflussen. In diesem Prozeß, wie auch in der Poesie früherer Zeiten, bilden die Wissenschaften mehr als nur ein Thema – sie gehören zum Tenor, ja zur eigentlichen Substanz der Literatur.

---

2 Vgl. J. P. Stern, *Relativity in and around the »Magic Mountain«*. In: Peregrine Horden (Hrsg.), *The Novelist as Philosopher*. Oxford: All Souls College 1983.

Peter Horst Neumann

Rückerts Wiederkehr in Mahlers Musik

Von Friedrich Rückert soll hier die Rede sein, von seiner Wiederkehr in ein allgemeineres kulturelles Bewußtsein, aus dem er fast schon verschwunden schien. Wie weit die Wahrgenommenheit reicht, lassen wir illusionslos als Frage auf sich beruhen, daß sie sich aber den Vertonungen Gustav Mahlers verdankt, eines Komponisten, den es aus anderen Gründen erst wiederzugewinnen galt, nämlich in Deutschland nach dem Ende der Nazijahre, gibt dieser Wiederkehr ihre eigentümliche Note.

Nur vom *Dichter* soll hier die Rede sein. Der Ruhm des vielsprachigen Nachdichters und Vermittlers orientalischer Poesie und Weisheit ist durch anderthalb Jahrhunderte ungetrübt geblieben. Es hat deshalb auch seine innere Richtigkeit, daß die Pflege seines Andenkens gerade in Erlangen, wo er fünfzehn Jahre lang, von 1826 bis 1841, die Professur für orientalische Sprachen innehatte, den Orientalisten und Sprachwissenschaftlern ein besonderes Anliegen ist, nicht aber den Germanisten.

Denn um den Nachruhm des Dichters ist es anders bestellt. Seinen poetischen Eigenschöpfungen, Gedichten von einer beispiellosen Vielzahl – von Oskar Loerke, der ihn sehr kritisch verehrte, vorsichtig auf sieben- bis zehntausend geschätzt –, ist eine ähnlich beständige Wertschätzung nicht geblieben. Nicht daß sein Name im Schwarzen Loch des kollektiven Vergessens verschwunden wäre, das ist durchaus nicht der Fall. Dafür war allein schon an den traditionellen Erinnerungsorten der Poesie, in den Anthologien, gesorgt, auch wenn sie für viele Poeten nur Vororte des Vergessens sind. In kaum einer dürften Rückertsche Verse fehlen, wäre es auch nur das eine Gedicht *Aus der Jugendzeit*, das einen jüngeren Zeitgeschmack aber kaum noch so anrührt wie Generationen davor. Ein völlig Vergessener war Rückert als Dichter also nie. Es gibt aber verschiedene Grade der Nicht-Vergessenheit, und seine ist von merkwürdiger Art.

Ein anderer und meist auch beständigerer Überlebensort für Gedichte ist die Musik. Texthungrig, wie sie seit jeher war, nimmt sie es mit der dichterischen Qualität nicht immer sehr streng und genau. Nicht nur in Franz Schuberts Liedschaffen, seinen an die dreihundertfünfzig Klavierliedern, hat sich manche gereimte Dürftigkeit eine kleine Unsterblichkeit erschlichen. Im Fall Friedrich Rückerts war der Vielleser Schubert ganz auf der Höhe des biedermeierlichen Zeitgeschmacks, als er 1823 fünf Gedichte aus dessen Sammlung *Östliche Rosen* vertonte. Dieses Bändchen erschien im Jahr davor bei Brockhaus in Leipzig. Es waren die ersten Vertonungen Rückertscher Gedichte; Robert Schumann und andere folgten hernach.

Man freut sich über eine musikalische Begünstigung solchen Ranges, auch wenn man beim späteren Lesen mancher Gedichte nicht mehr ganz froh wird. Einem so verkrampft-überschwenglichen Gedicht wie *O du Entriss'ne mir und meinem Kusse* wird man die Nobilitierung durch Schubert eher mißgönnen. Und selbst bei so herrlichen Liedern wie *Du bist die Ruh* oder *Lachen und Weinen* verbleibt man vielleicht doch lieber im von der Musik erzwungenen Einverständnis, als wären durch sie die Verse ein für allemal der Lektüre entzogen. (Was man in solcher Weise an vertonten Goethe- oder Eichendorff-Gedichten nicht erlebt.) Unterzieht man diese Gedichte dann aber doch einer literarischen Güteprobe und versucht man, sich der Schubertschen Nachklänge zu erwehren, erkennt man, wie nahe bei Rückert ein wunderbares Gelingen neben artistisch-selbstverliebten Sonderlichkeiten steht. (Es war Hermann Hesse, der ihn einen in seine Schönschrift verliebten Kalligraphen nannte.) Das läßt sich an einem der von Schubert komponierten Gedichte zeigen: »Du bist die Ruh, / der Friede mild, / die Sehnsucht du, / und was sie stillt.«

Das ist so bestaunenswert schlicht wie kunstvoll gesprochen. Vier knappe zweihebig jambische Verse, gereimt übers Kreuz. Ein vollkommener Vierzeiler; was gesagt ist, war kürzer und wohlklingender nicht auszusprechen. Man wünschte sich, daß Rückert hier innegehalten hätte, es folgen aber noch vier weitere Strophen; eine allein hätte sich Schubert auch kaum zu vertonen entschieden. Wie diese vier Strophen der metrischen und Reimvorschrift der ersten gehorchen, es grenzt ans Wunderbare. Was im Seelenton des ersten Vierzeilers, an dem sich Schuberts Melodik inspirierte, begann, erweist sich im Fortgang als ein sprachartistisches Gebilde, bei dem sich die meisterliche Formsicherheit im Gebrauch von Metrum und Reim spürbar selbst zu genießen scheint. In der Endstrophe gipfelt es sich zu einer kühn gestylten Preziose auf: »Dies Augenzelt, / von deinem Glanz / allein erhellt, / o füll es ganz!«

Womit das Auge des Sprechenden gemeint ist. Eingebettet in die Wohlklänge der Musik, nimmt man die manieristische Kühnheit dieser Metapher beim Singen kaum wahr. Im Rückblick auf die Eingangsstrophe aber wird man finden, daß deren strenge Formvorschrift ein solches Artistenstück nachgerade erzwingt. Möglich, daß hier im Gedicht des Orientalisten Metaphern östlicher Dichter nachwirken. Da seine vielgerühmten Nachdichtungen orientalischer Poesie sich meistens so lesen, als wären es genuin deutsche Gedichte, sollte wohl auch Orientalisches in seiner eigenen Dichtung zu finden sein. Darüber vermag ich nicht zu befinden; es ist nur ein vermutender Hinweis auf eine Besonderheit dieses Dichters, welche unser ästhetisches Urteil bisweilen erschwert und den Kunststückcharakter vieler Rückertscher Verse in ein interessantes Zwielicht stellt.

Mit welcher Mühelosigkeit meistert er die schwierigsten Vers- und Strophentypen. Dafür gibt es in deutscher Dichtung kaum ein Gegenstück. Wenn Friedrich Sengle in seiner mehrbändigen Monographie *Biedermeierzeit* die Vielfalt lyrischer Formen abhandelt – vom Epigramm über Sonett, Stanze, Ritornell, Spruch, Idyll, Parabel, Terzine, Kanzone, Ballade, Lied, Ottaverime bis zum Ghasel –, so fehlt zu keiner der detaillierte Hinweis auf die formale Meisterlichkeit Rückertscher Texte. Das arabische Ghasel, um dessen Eindeutschung er sich ebenso wie August von Platen bemühte, muß Rückerts Lust an nuanciertem Gleichklang, differenzierter Monotonie und an den subtilen Sinnverschiebungen im Wiederholen besonders entsprochen haben. Diese aus dem Arabischen herübergeholte Form lyrischer Rede im Deutschen wirklich heimisch zu machen, ist ihm nicht gelungen, man hat ihm die Nachfolge verweigert.

Wie denn überhaupt seine Formkünstlerschaft und sein virtuoses Verfügen über die Sprache ihn zu einem ebenso bewunderten wie poetisch bemißtrauten Sonderfall unter den dichtenden Zeitgenossen bestimmte. Schreibhemmungen, Artikulationsnöte und dichterische Selbstzweifel, diese neuzeitlichen Poetenleiden bis zum heutigen Tag und bei den besten vielleicht so etwas wie ein künstlerisches Wahrhaftigkeitssymptom, scheint Rückert nicht gekannt zu haben.

Aber womöglich liegt sein Fall komplizierter, als er sich uns unter dem Eindruck seines ungehemmten Vieldichtens darstellt. Nichts, was er nicht in Verse zu bringen imstande war, nichts, was ihm dafür zu trivial gewesen wäre. Durch sein alltägliches Dichten poetisierte er seine biedere Alltäglichkeit, sein an äußeren Begebenheiten karges Liebes-, Familien- und Gelehrtenleben. Das Bürgertum im 19. Jahrhundert hat sich darin gern wiedererkannt. Von jener weltschmerzlichen »Zerrissenheit«, dem existentiellen Problem vieler dichtender Zeitgenossen wie Heine, Lenau, Mörike oder Stifter, wovon sogar sein Altersgenosse Eichendorff mehr in sich trug, als seine Polemiken gegen diese Intellektuellenkrankheit erkennen lassen – davon blieb Rückert, der von sich dichten konnte »Ich bin der Welt abhanden gekommen«, nahezu unbetroffen.

Oder könnte es etwa sein, daß seine rhetorisch-poetische Parteinahme gegen Napoleon in den *Geharnischten Sonetten* und später noch einmal sein lyrischer Waffendienst am Holsteinischen Krieg 1864 mit künstlerisch minderen, zu lauten Versen Versuche eines Ausbrechens aus der ihm einzig gemäßen geistigen Lebensform waren, aus einer Vita contemplativa in eine wenigstens literarische Vita activa? Zum patriotischen Tendenzdichter taugte er nicht, ebensowenig wie zum Stückeschreiber, und hätte doch gern auch dazu getaugt. Da hat er sich, der mit Worten so vieles vermochte, zweimal verkannt.

Rückerts Neigung zu schönem Gleichklang, wortspielerischen Wiederholungen und delikaten Redundanzen, seine Lust an den kleinen Abweichungen im Eintönigen und am ostinaten Monoreim des Ghasels, dieser dem Orient abgelauschten, einlullend wachhaltenden Wiederkehr immer derselben Worte – mir scheint, es ist die klingende Oberfläche der melancholischen Grunddisposition seiner Dichtung. Daraus könnte sich auch sein ununterbrochenes Weiter-und-weiter-Reden in Versen erklären, selbst dann noch, wenn nichts weiter zur Mitteilung drängte als das Reden selbst. Sinnt man ihm in dieser Gedankenrichtung nach, wird einem sogar ein Gedicht wie das von Franz Schubert auf einen vielleicht etwas zu munteren Singeton gestimmte *Lachen und Weinen* nicht mehr ganz so munter erscheinen.

Lachen und Weinen zu jeglicher Stunde
ruht bei der Lieb' auf so mancherlei Grunde.
Morgens lacht' ich vor Lust;
und warum ich nun weine
bei des Abendes Scheine,
ist mir selb nicht bewußt.

Weinen und Lachen zu jeglicher Stunde
ruht bei der Lieb' auf so mancherlei Grunde.
Abends weint' ich vor Schmerz;
und warum du erwachen
kannst am Morgen mit Lachen,
muß ich dich fragen, o Herz.

Was hier besungen wird, ist die Unaufklärbarkeit eines Gemütszustandes, den weder das Lachen noch das Weinen bezeichnen können. Offenbar gehören sie in gleicher Weise zur »Lieb'« wie Morgen und Abend zum Tage. Warum dies so sei, ist dem Sprechenden »selb nicht bewußt«, und auch das im letzten Vers angesprochene Herz wird ihm ein klärendes Wort schuldig bleiben. Das wenige, worin sich die beiden Strophen unterscheiden, reicht gerade aus, um den Eindruck wortwörtlichen Wiederholens zu verdecken. Zwei Strophen lang tritt das Gedicht auf derselben Stelle, und es braucht beide, um genau dies in seiner leicht aufgemunterten Monotonie auszusprechen.

Wie in vielen Rückert-Gedichten wird ein gefällig Belangloses mit einem artistischen Kalkül vorgetragen, der durchaus wahrgenommen und goutiert sein möchte. Im Klavierlied wird darüber leicht hinweggesungen; im Verbund von Worten und Tönen ist die Musik allemal die mächtigere von beiden. Eigentlich wird hier nichts weiter gesagt, als daß sich über diesen Gemütszustand nichts weiter sagen läßt. Die erste Strophe hat dreiunddreißig Wörter, die zweite vierunddreißig, in achtzehn Wörtern sind sie einander gleich.

Ich habe dieses Gedicht als Text gelesen, ohne dabei zu vergessen, daß es ohne Schuberts Musik vielleicht gar nicht zu mir gelangt wäre. Ich hätte mir aus der Fülle der Rückertschen Verse vielleicht ein anderes erdäumelt. Nun aber ist es mir unversehens in die Nähe eines anderen geraten, das Hans Wollschläger aus Rückerts unveröffentlichtem Nachlaß mitgeteilt hat. Wenn es nun hier erscheint, könnte sich leicht der Eindruck ergeben, ich hätte *dieses* gemeint, als ich von *jenem* sprach. Hier wie dort dient das kunstvoll-monotone Auf-der-Stelle-Treten der sprachlichen Mitteilung eines Befindens, das im ersten Gedicht nicht ganz unheiter scheint, im folgenden aber eine dröge Trostlosigkeit bedeutet. Dabei wird in dessen fünf vierzeiligen Strophen kein einziges Mal Ich gesagt. Erst im letzten Vers erscheint in einer Art frommer Fürbitte eine Nebenform des Pronomens Wir. Ist im ersten Gedicht nur von Lachen und Weinen, Weinen und Lachen die Rede, so in diesem von nichts als von Gestern, Heute, Morgen, Tag, Nacht, Regen und Schnee, dies aber in einer nachgerade manisch anmutenden Inständigkeit.

Außerdem: Es ist ein Weihnachtsgedicht, mit dem Datum des Entstehungstages als Titel.

24 Dcbr 46

Gestern hats geschneiet,
Heute hats geregnet;
Oder hats geregnet
Gestern, heut geschneiet?

Gestern hats geschneiet
Nachts, und Tags geregnet;
Heute hats geregnet
Nachts, und Tags geschneiet.

Wird es morgen schneien,
Oder wird es regnen?
Oder wird es regnen
Morgen auch und schneien?

Wird es morgen schneien
Nachts, und Tages regnen?
Oder wird es regnen
Nachts, und Tages schneien?

Ob es regnend schneie,
Oder schneiend regne;
Daß es Gott gesegne,
Und es uns gedeihe!

Ein zwanghaft scheinendes Wieder- und Wiederholen immer desselben. Wer hier Weltüberdruß und Trostlosigkeit zu vernehmen meint, möchte trotz der gottergebenen Schlußzeile nicht unrecht haben. Wieder ist nur von Banalstem die Rede. Ich möchte niemandem seinen freundlich-biederen Rückert vergraulen, denke aber, daß er mit Gedichten wie diesem der literarischen Moderne, die nichts von ihm zu wissen scheint, doch nicht so fern steht, als daß sich da gar keine Brücke schlagen ließe. Hätte in jener Anthologie, der ich meine ersten Begeisterungen für Lyrik verdanke, nicht als einziges Rückert-Gedicht *Aus der Jugendzeit* gestanden, wäre ich ihm auf weniger verwinkelten Spuren vielleicht schon früher nahegekommen.

Das im Vorübergehen erwähnte Kompendium zur Literatur der Biedermeierepoche von Friedrich Sengle behandelt Rückert als Kronzeugen für den Formenreichtum der nach-goetheschen Lyrik im 19. Jahrhundert. Bedenkt man, daß all die kunstvollen Strophenformen und Gedichttypen zusammen mit der metrischen Regelmäßigkeit der Lyrik im 20. Jahrhundert sukzessive verlorengingen und daß eine starke Annäherung an die Prosa seit langem unsere Dichtung kennzeichnet, dann versteht man vielleicht, daß jemand, der heute Gedichte schreibt, eine gewisse schaffenspsychologische Hemmung empfinden kann, wenn er sich den Rückertschen vers- und reimtechnischen

Preziosen nähert. Das starke, auch schon von manchem Zeitgenossen als allzu stark empfundene Moment der Kunsthandwerklichkeit bewirkt eine zwar staunende, aber kaum überwindbare Distanz. Daß es Rückert niemals die Sprache verschlug, daß sie ihm gefügig war wie keinem anderen sonst, ist eine Begünstigung, die sich uns heute eher als ein Mangel darstellt, und wäre es auch nur das Vorurteil eines Mangels.

Der Eigenwert einer derart strengen Sprachformung nach dem Maßstab vorgegebener metrisch-strophischer Strukturen tendiert in der literarischen Moderne stark gegen null. Und die Literaturgeschichtsschreibung, immer auch im Akkord mit dem Zeitgeist ihrer Epoche, pflegt entsprechend zu werten und ihre Überlebensprädikate zu vergeben. In Fritz Martinis *Deutscher Literaturgeschichte*, einem Buch von achthundert Seiten, kommt Rückert, anders als Platen, Geibel oder Storm, nur mit zwei eher beiläufigen Erwähnungen vor. Daß hier ein Revisionsbedarf besteht, sollte der Germanistik inzwischen bewußt geworden sein. Die Anstöße dazu sind ihr freilich »von außen« gekommen, durch Hans Wollschlägers Edition des ganzen Konvoluts der *Kindertodtenlieder*. Es ist diese Ausgabe, die uns den Dichter recht eigentlich wiedergegeben hat, dies aber geschah im Sog der Musik Gustav Mahlers. Darüber gleich ausführlicher.

Zuvor aber ist ein Gedanke auszusprechen, der in die Richtung deuten möchte, in welcher sich der Gegensatz zwischen dem Dichter und dem gelehrten Orientalisten, dem Poeten und dem nachdichtenden Vermittler aufzuheben scheint. Daß Rückerts Bewunderer hauptsächlich Arabisten sind, hat die überzeugendsten Gründe. Eine größere Sprachbegabung wurde einem Menschen höchst selten geschenkt – dieser Mann muß ein personifiziertes Pfingstwunder gewesen sein. Und er besaß, was die Verdeutschung orientalischer Poesie anlangt, eine offenbar ebenso außerordentliche *mediale* Begabung. Nach der in unserem Kulturkreis geltenden Hierarchie der Talente muß man ihn einen Kongenialen nennen. Damit stellt sich freilich sogleich der Begriff des Epigonalen ein. Und tatsächlich firmiert Rückert genau unter diesem Etikett in den Literaturgeschichten, nur eben als Dichter, nicht als nachdichtender Übersetzer.

Von Emanuel Geibel, den das Urteil der Germanisten ebenso wie Platen und Rückert zu den Epigonen der nach-goetheschen Ära zählt, stammt das Bekenntnis »Was schön wird, ist schon da gewesen, / Und nachgeahmt ist, was uns glückt«. Es benennt das Epigonendilemma nicht nur des 19. Jahrhunderts: Das Kunstschöne ist nurmehr sein eigener Nachklang, nicht mehr es selbst, sondern (mit Musil zu sprechen) nur noch »seinesgleichen«. Nun ist Nachahmung aber gerade für den Nachdichter das schlechthin Gebotene. Die vollkommene Nachbildung des Fremden in der eigenen Sprache, derart, daß ein fremdes Gedicht sich in der neuen Sprachgestalt als genuine Poesie behauptet, ist für ihn das höchste Erreichbare. Kenner versichern, daß ebendies Friedrich Rückert immer wieder gelang. Man glaubt es ihnen gern und staunt zugleich über die Verwechselbarkeit Rückertscher Nachdichtungen mit seinen eigenen Gedichten, aber auch Rückertscher Originale mit Rückertschen Übersetzungen.

Ein gängiges Poesieverständnis der Moderne hält die Nicht-Übersetzbarkeit für das eigentliche Gütezeichen der Lyrik. Rückert indes, der sich als einen »Peregrinus« in seiner historischen Umwelt verstand, ist einem übersprachlichen Poesieverständnis verpflichtet, welches den Unterschied zwischen Original und Übersetzung minimiert. Der gegen seine Lyrik erhobene Vorwurf des Epigonentums könnte also durchaus auf einer Verkennung dieses anderen poetischen Paradigmas beruhen. Für Rückert gilt, was Karl Kraus in Versen sagte: »Ich bin nur einer von den Epigonen, / die in dem alten Haus der Sprache wohnen.« Wer hätte ein ähnlich sicheres Wohnrecht in diesem Hause besessen; freilich ist es kein neues, sondern das ehrwürdig-alte Haus der *einen* und der *vielen* Sprachen.

Rückert lebte, dichtete, übersetzte und versenkte sich in immer neue alte und entferntere Sprachen und tat es in der Überzeugung, Teilhaber einer alle Sprachen und Kulturen verbindenden geistigen Welt zu sein. Ein sprachmystischer Gedanke Johann Georg Hamanns wirkte in ihm fort – »Poesie ist die Muttersprache des menschlichen Geschlechts«. Was soviel heißen soll wie: In allen Sprachen sei Poesie der Nachklang der verlorenen Ursprache Adams, das allen Sprachen gemeinsame Beste. In Rückerts Version klingt dieser Hamannsche Gedanke so: »Die Poesie in allen ihren Zungen / Ist dem Geweihten Eine Sprache nur, / Die Sprache, die im Paradies erklungen, / Eh' sie verwildert auf der wilden Flur.«

Man hat von ihm gesagt, er sei als Philologe immer zugleich Dichter gewesen. Das braucht, wenn es einem ein akademischer Zunftkollege sagt, durchaus kein Kompliment zu sein; die Spezialisten auf beiden Seiten sehen's nicht gern, wenn einer der ihren die Seite wechselt. Tatsächlich aber sind bei Rückert Philologie, Gelehrsamkeit und Poesie so untrennbar eins, daß allein dies bereits für ihn einen Sonderstatus reklamiert. Man sollte in seinem Fall die Unterscheidung von Dichtung und Nachdichtung fallenlassen, das Wort Philologie wörtlich verstehen und als deren intimste Praxis die Lyrik begreifen. Dieser Dichter jedenfalls war in vielen Sprachen, Zeiten und Dichterlanden zu Hause, Epigone in einem universalen Verständnis.

Wenn wir *so* auf ihn blicken, werden wir gerade nicht »das Gedicht«, wie es Gottfried Benn so suggestiv getan hat, »als das Unübersetzbare definieren«. Es entspricht dies zwar dem Poesieverständnis der europäischen Moderne, doch ist für Rückert gerade die *Übersetzbarkeit* ein maßgebender Wert für Gedichte. Aus diesem Befund ergibt sich eine Sonderstellung dieses Universalepigonen in der deutschen Literaturgeschichte. Er besaß ein ungetrübtes Vertrauen darauf, daß sich das Dichterische gleichbleibend durch alle Zeiten erhalte und daß es möglich sei, in den Bahnen des Überlieferten fortzudichten. Dafür waren das Wunder seiner Vielsprachigkeit, seine Wahlheimatlichkeit in fernen Kulturen und seine postume Bruderschaft mit den großen Dichtern des Orients die Voraussetzungen.

Mit dem Begriff der Übersetzung kann nun aber nicht nur Rückerts nachdichtende Vermittlerleistung bezeichnet werden. Die Verwechselbarkeit von Gedicht und Nachdichtung legt es nahe, auch Rückerts Originalpoesie als *übersetzte* zu begreifen. Wie ihm das Nachdichten der Orientalen, des Rumi oder des Hafis, die ihm gemäße Art (auch *ars*) war, deren Wortkunst wahrzunehmen, so scheint ihm das Dichten überhaupt die ihm gemäße Art gewesen zu sein, die *Welt zu rezipieren*. Tagtäglich übersetzte und poetisierte er eine gelebte Alltäglichkeit in Verse. Man möchte glauben, daß ihm alles Gelebte erst im Gedicht zur Erfahrung wurde, daß das Dichten für ihn die eigentlich authentische Weise seines Erlebens war.

Dies bedenkend, wird man das Sterben der geliebten Kinder Luischen und Ernst binnen dreier Wochen – am Sylvestertag 1833 und am 16. Januar 1834 – für den dichtenden Vater als ein bitteres Geschenk begreifen dürfen. Er, der in einem von Gustav Mahler komponierten Gedicht von sich sagen konnte, »Ich leb' in mir und meinem Himmel, / In meinem Lieben, in meinem Lied«, er lebte, aufs ganze Leben geblickt, eine ereignisarme, bürgerlich-behagliche Gelehrtenexistenz, deren Sensationen rein geistiger, poetisch-fremdgängerischer Natur waren. Mit dem Kindertod hatte den »Familienmenschen« (wie man zu sagen pflegt) ein Doppelblitz am eigenen Fleisch getroffen. Und auch jetzt, nun freilich mit einem noch nie erlebten existentiellen Ernst, verwandelte er dieses Erlittene in Dichtung. Die kunststückhafte Mühelosigkeit seiner alltäglichen poetischen Ablagerungen stand nun im Dienst einer Erschütterungs- und Schmerzbewältigung.

Es ereignete sich ein in deutscher Dichtung beispielloses Trauerritual. In etwa dreieinhalb Monaten entstehen vierhundertachtundvierzig Gedichte. Der Eindruck einer fast willenlosen Hervorbringung reibt sich am Befund der, wie immer, perfektesten Handhabung des verskünstlerischen Metiers. Etwas wie eine Enzyklopädie lyrischer Formen entstand. Auch hier hatte es ihm nicht die Sprache verschlagen. Ja, es ist eher so, als ob der Schmerz sich in Sprache verflüssigt hätte statt in Tränen, als sei im Konvolut der vierhundertachtundvierzig Gedichte die Poesie nicht so sehr der Reflex des Erlebten, sondern geradezu das *Organ* dieser Leiderfahrung, der Ort des Erleidens selbst. Nicht aber das einzelne Gebilde, vielmehr sie alle in ihrer enervierenden Insistenz sind das Ereignis, ein vierhundertachtundvierzigfaches Stechen in die eine Wunde.

Hans Wollschlägers Edition der *Kindertodtenlieder* erschien 1988, sie war das seitdem fortwirkende Ereignis jenes Gedenkjahres. Seither lenkt dieses einzigartige Trauerwerk in Gedichten ein neues, vielleicht beständigeres Interesse auf Rückert, den Dichter. Daß sich diese neue Interessenerregung zuletzt aber den Gedichtvertonungen Gustav Mahlers verdankt, Kompositionen aus den Anfangsjahren des 20. Jahrhunderts, hat seinen Grund in der Person des Editors, des Schriftstellers und Nachdichters Wollschläger. Er ist, außer manch anderem, auch ein ausgewiesener Musiker und Kenner der Mahlerschen Musik und ihrer Partituren. Nun gehörte freilich auch Mahler in Deutschland fast zu den Vergessenen. Seine Musik unterlag zwölf Nazijahre lang dem Aufführungsverbot für jüdische Komponisten. Es ist Theodor W. Adornos Verdienst, mit seinem 1960 erschienenen Buch *Mahler* den Komponisten wieder ins kulturelle Bewußtsein gebracht zu haben. Inzwischen gehören Mahlers Symphonien zu den meistaufgeführten Werken des internationalen Konzertrepertoires, und die beiden Liederzyklen nach Friedrich Rückerts Gedichten – in je zwei Fassungen als Orchester- und als Klavierlieder – haben eine erhebliche Popularität erlangt, die nun auch den Namen des Dichters wieder ins Gespräch kommen ließ.

Man begegnet allerdings weder bei Adorno noch bei Hans Mayer, der ebenfalls wirkungsvoll über Gustav Mahler schrieb, einer einigermaßen gerechten Wertschätzung des Dichters. Adorno befand, Mahlers Vorliebe für Rückert sei doch recht »eigenwilliger« Natur, und der Germanist Hans Mayer ließ wissen, es handele sich da leider um eine ziemlich »fragwürdige Lyrik«. Davon hatte sich Wollschläger, bei aller prägenden Einwirkung des von ihm verehrten Adorno, nicht beeindrucken lassen, wie er denn überhaupt den gepflasterten Wegen mißtraut und lieber schräg durch die Äcker geht. Er jedenfalls hat den Komponisten Mahler auch in seiner Hinwendung zu Friedrich Rückert ernst genommen. So verdankt man ihm die erste Gesamtausgabe der *Kindertodtenlieder* und deren Würdigung in einem geistreichen Essay.

Daß Mahler meinen konnte, diese Gedichte seien »Lyrik aus erster Hand, alles andere ... Lyrik aus zweiter Hand« (eine Äußerung im Gespräch mit Anton von Webern), ist zwar ein Urteil, das für Rückerts ganzes lyrisches Werk nicht gelten kann, wer sich aber in *diese* Gedichte vertieft und sich von ihrer nicht nur artistisch beglaubigten Trauer anrühren läßt, wird die Unterscheidung einer Lyrik der ersten und der zweiten Hand, des Authentischen und des Epigonalen für die *Kindertodtenlieder* nicht gelten lassen. Fünf von diesen vierhundertachtundvierzig Gedichten und noch einmal fünf aus anderen Sammlungen Rückerts hat Gustav Mahler vertont. Über diese zehn Gedichte ist mit der Wiedergewinnung seiner Musik auch eine Wiederkehr Friedrich Rückerts aus seiner Beinahe-Vergessenheit möglich geworden.

Volker Gerhardt

Wahrheit und Existenz

Wissen, Wahrheit und existentielle Bedeutung. In den Wissenschaften herrscht die Erwartung vor, daß sich philosophische Probleme am besten dadurch lösen lassen, daß man sie der Philosophie entzieht. Auf diese Weise hat die Philosophie zur Bildung einer Vielzahl von einzelnen Wissenschaften beigetragen, die immer wieder von neuem glauben, ihre Arbeit könne die der Mutterdisziplin ersetzen.

Wenn dieser Glaube dazu führt, daß die Untersuchungen weiter gehen, kann man ihn ruhig gewähren lassen. Selbst wenn die Spezialisten weiterhin unter dem akademischen Etikett der Philosophie firmieren und die traditionellen Bestände ihrer Disziplin in bloße Logik oder Semantik, in reine Phänomenologie, pure Pragmatik oder formale Sprachanalyse, vielleicht auch nur in Diskurs-, Handlungs-, Interpretations- oder Systemtheorie überführen, sollte man nicht kleinlich sein. Schließlich gibt jeder mit noch so viel Beschränkung erzeugte Engpaß eine gute Gelegenheit, die philosophische Reichweite alter und neuer Fragen aufzuzeigen.

Wir brauchen uns nur daran zu erinnern, daß die Sophisten die Geburtshelfer des sokratischen Denkens waren, um zu erkennen, welche philosophische Chance in den Versuchen liegen kann, die Philosophie durch Verabsolutierung eines ihrer Momente überflüssig zu machen. Damals waren es die Techniken der Macht, die jeden Anspruch auf Wahrheit entbehrlich machen sollten. Doch Sokrates konnte nicht nur zeigen, daß auch dazu ein auf Wahrheit gegründetes Wissen nötig ist; er hat überdies verbürgt, daß die Wahrheit jedem Einzelnen etwas bedeutet. Somit ist der Anfang der schriftlichen Überlieferung der Philosophie auf das Wissen vom Zusammenhang zwischen Wissen und Wahrheit gegründet. Und daß diese Verbindung existentielle Bedeutung haben kann, wird im Leben und Sterben des Sokrates bezeugt.

Wahrheitsverlust durch Wahrheitstheorie. Ein modernes Beispiel für den Problemverlust durch spezialisierende Problembehandlung ist der begriffstechnische Umgang mit der alten Frage nach der Wahrheit. Das hat dazu geführt, die Wahrheitsfrage nach der Art eines Beziehungsproblems zu behandeln, um definitiv zu klären, wann eine Aussage als »wahr« oder als »falsch« bezeichnet werden kann. Die leitende Vermutung ist, daß sich mit den Kriterien für den Gebrauch des Wörtchens »wahr« die Erkenntnis darüber einstellt, was Wahrheit ist.

Tatsächlich ist dadurch ein Minimum benannt: Wenn man eine Chance haben will zu erkennen, was Wahrheit ist, muß man zeigen können, wie der Ausdruck »wahr« verwendet wird. Doch die Wahrheitstheoretiker des 20. Jahrhunderts lassen dafür in der Regel nur einen einzigen Anwendungsfall zu, nämlich den, der eine argumentationstechnisch als »Proposition« bezeichnete Aussage mit dem Anspruch »wahr« zu sein verknüpft.

Hätten sie damit lediglich ein Beispiel für einen möglichen Gebrauch des Wortes geben wollen, wäre daran nichts auszusetzen, zumal niemand bestreitet, daß die propositionale Rede alles andere als nebensächlich ist. In Handel, Wissenschaft und Technik sowie im weiten Feld der Erzählung, Erziehung und Entscheidung, in dem wir uns auf Tatsachen beziehen, spielen Feststellungen und Behauptungen eine erhebliche Rolle.

Doch ist die Proposition nicht der einzige Fall, in dem eine Wahrheit Geltung beansprucht. Schon eine Erinnerung, die uns einen Weg wiederfinden läßt, kann sich als wahr erweisen; es gibt das untrügliche Gespür für den richtigen Augenblick und den wahren Ausdruck der Gefühle. Es dürfte daher schwierig sein, allein mit Bezug auf Propositionen zu zeigen, was uns die Wahrheit bedeutet.

Operationale Prüfung. Immanuel Kant hat beiläufig bemerkt, die Definition der Wahrheit als »Übereinstimmung zwischen Begriff und Gegenstand« sei »geschenkt«. Damit ist gemeint, daß die Rede von der Übereinstimmung wohlfeil ist, denn erstens liegt sie auf der Hand und zweitens ist sie wertlos, weil niemand mit Bestimmtheit sagen kann, wann eine solche Übereinstimmung wirklich besteht. Zwischen dem Begriff und seinem Gegenstand, auch wenn es die innigste Beziehung ist, die wir uns denken können, ist ein direkter Vergleich nicht möglich.

Vielleicht hat das der polnische Logiker Alfred Tarski beachtet, als er in den dreißiger Jahren des 20. Jahrhunderts seine neue Definition der Wahrheit entwickelte. Sie lautet: Die Aussage, daß etwas »wahr« ist, trifft genau dann und nur dann zu, wenn eben dieses Etwas wahr ist. Oder, um es in der formalisierten Wendung wiederzugeben: »Daß ›p‹, ist genau dann und nur dann wahr, wenn p«.

Zunächst kann man den Eindruck haben, Tarski wiederhole nur in anderer Terminologie, was in der Tradition als die »Übereinstimmung zwischen Begriff und Gegenstand« bezeichnet wird. Doch die Neuerung liegt darin, daß der Begriff hier nicht nach Art einer selbst bereits gegebenen Sache angesehen wird, die von sich aus mit der von ihr bezeichneten Sache zur Deckung kommt. Nur die Dichter können, wie Hilde Domin, sagen: »Wort und Ding liegen nahe aufeinander«, so als gäbe es beide Seiten für sich selbst. Für diesen Fall könnte man sich, frei nach Kant, jede Suche nach einem prägnanten Kriterium schenken.

Tarski hingegen (so jedenfalls möchte ich ihn deuten) knüpft die Wahrheit an eine Bedingung, die es aktiv zu erfüllen gilt: Er geht von der Tätigkeit des Behauptens aus und fragt, ob es etwas gibt, das die mit der Behauptung vorgegebene Bedingung erfüllt, indem es so und nicht anders ist. Und wenn sich feststellen läßt, daß etwas ebenso ist, wie es die (tätige) Behauptung besagt, »dann und nur dann« ist die Wahrheitsbedingung in einem Akt erfüllt.

Der Vorzug dieses Verfahrens liegt darin, daß hier nicht einfach Begriff und Sache in eins gesetzt werden. Vielmehr wird der Begriff nach Art einer Kondition verstanden, die sich operational erfüllen läßt. Die Behauptung ist eine geleistete Vorgabe im semantischen Feld, das epistemisch zu erkunden ist, um durch einen aufgesuchten Sachverhalt als wahr bestätigt oder als falsch verworfen zu werden.

Gegen meine liberale Deutung Tarskis spricht, daß er die im 20. Jahrhundert verbreitete Erwartung teilte, es könne überflüssig werden, überhaupt von Wahrheit zu sprechen. Angesichts der Probleme, die mit dem Sprechen entstehen und angesichts der dadurch für die Wissenschaftstheoretiker anfallenden Lasten bei der Definition der verwendeten Begriffe, ist die Erwartung nur zu verständlich. Für mich fällt sie mit der Erwartung zusammen, man könne überhaupt auf das Sprechen verzichten. Also deute ich ihn vermutlich anders als er sich selbst verstand.

Ein sinnlich gegebenes Beispiel. Wenn ich behaupte: »Dies ist ein Aufsatz über Wahrheit und Existenz«, dann wird dadurch eine immer auch praktische Vorgabe gemacht, die sich dadurch als wahr zu erweisen hat, daß man *zeigt*, daß dies tatsächlich ein Aufsatz ist. Sinnfällige Indizien und logische Kriterien müssen erweisen, daß das, was ich tätig behaupte auch tatsächlich – durch eine eigene Leistung – als so und nicht anders aufgewiesen werden kann. Die Wahrheit besteht dann in der Übereinstimmung zwischen einer getätigten Aussage und dem aufgesuchten Sachverhalt. In der Wahrheit kommen Begriff und Sache dadurch zur Deckung, daß die auf sie bezogenen Tätigkeiten auf dasselbe hinauslaufen.

Man könnte einwenden, auch die mit Tarskis Definition gefundene Wahrheit bestehe im Kern nur aus einer Übereinstimmung zwischen dem in der Behauptung verwendeten Begriff und der vorliegenden Sache, also zwischen »p« und p. Dann müßten wir Kants Trivialitätsverdacht erneuern. Um den Vorschlag des Logikers vor der Trivialisierung zu retten, muß man auf die in jeder Aussage aktivierten Bedingungen aufmerksam machen: Auch der hier im Text stehende Satz: »Dies ist ein Aufsatz« bringt eine Tätigkeit zum Ausdruck, der sich der Leser ausgesetzt sieht. Um sie zu verstehen, muß er sich den Zusammenhang vergegenwärtigen, in dem eine solche Behauptung steht: Ein Aufsatz ist kein Buch, findet sich in der Regel aber in Büchern oder Zeitschriften und soll ein Thema in einer in sich abgeschlossenen Form zur Darstellung bringen. An dieser Stelle dieses Aufsatzes besteht der Zusammenhang auch darin, daß die Behauptung als ein Beispiel für eine wahre Aussage stehen soll. Damit ist auch die Beziehung auf den Leser bewußt gemacht, der die Sprache und den Sinn der Aussage verstehen können muß und darüber hinaus ein Interesse an der Wahrheitsfrage aufzubringen hat.

Das gehört zum aktivierten Kontext der Behauptung, daß dies ein Aufsatz ist. Und mit dem Blick auf den Leser ist schon klar, daß er die im Verständnis des Satzes liegende Anregung aktiv in die Prüfung der Aussage umzusetzen hat. Sollte er zweifeln, daß der Text Teil einer Zeitschrift ist, hat er das Heft, in dem er gerade liest, in die Hand zu nehmen, hat einen Blick auf das Titelblatt zu werfen oder das ganze bis ans Ende durchzusehen. Er kann, wenn er wirklich zweifelt, auch noch manches andere tun. Aber er muß tatsächlich *etwas tun*, um die Behauptung, wie man treffend sagt, zu verifizieren.

Wahrheit im Kontext. Gesetzt, die Aussage: »Dies ist ein Aufsatz« paßt nicht zu anderen Aussagen, die üblicherweise mit Aufsätzen verbunden sind, wäre es nicht wahrscheinlich, in der Behauptung eine wahre Aussage vor uns zu haben. Wenn man etwa fragen müßte: »Warum ist der Text so lang wie ein Buch?«, »Warum bleibt der Autor nicht beim Thema?«, »Warum tritt bei der Wahrheitsfrage ein Kriminalkommissar in Erscheinung, der den Fall erst auf Seite 278 löst?«, dann haben wir ein Problem mit der Behauptung, derzufolge es sich ja um einen Aufsatz handeln soll.

Dieses Problem können wir nur durch eine gezielte Überprüfung angehen. Wir haben etwas zu tun, haben Vorgaben zu machen, die sich an tätig eingebrachten Kriterien zu bewähren haben. Die Kriterien sind an den Einsatz unserer Sinne gebunden, denen wir nicht zuletzt deshalb vertrauen, weil sie Organe unseres Körpers sind, mit dem wir uns identisch wissen. Diese Identifikation beruht niemals bloß auf Empfindung und Wissen, sondern schließt auch Stimmungen und Gefühle mit ein. Deshalb haben wir die Wahrheitskriterien als sinnlich, affektiv *und* intellektuell zu klassifizieren. Sie sind letztlich alle mit unserem leibhaftig fundierten Selbstverständnis verbunden und somit auf elementare Momente unserer psycho-physischen Existenz gegründet.

Die Wahrheit der Aussage über das, was der Leser im Augenblick offenbar immer noch weiterliest, ist somit an einen Kontext gebunden, der nicht nur theoretische Elemente der korrekten Beschreibung des Sachverhalts einbezieht. Er nimmt auch technisch-praktische Vorleistungen auf, ohne die sich die beschriebene Situation, in der die Behauptung ihre Wahrheit beansprucht, nicht adäquat kennzeichnen ließen. Durch die leibhaftige Situativität der Kriterien aber hat die Wahrheit zugleich eine existentielle Dimension der Beteiligung und Anteilnahme, die ihrerseits das Bedürfnis trägt, überhaupt wahrheitsfähige Aussagen zu machen. Dieses Bedürfnis trägt auch das – gelegentlich existentielle – Verlangen, sich nicht täuschen zu lassen.

Korrespondenz und Kohärenz. Das Beispiel dürfte nicht dazu angetan sein, jedem vor Augen zu führen, daß wir auf die Wahrheit von Aussagen nicht verzichten können. Dazu wäre es besser gewesen, von einem Rechnungsbetrag, einer Wegbeschreibung, der Anzeige auf einem Höhenmesser oder dem Ja-Wort auf dem Standesamt zu sprechen. Aber es sollte deutlich machen, daß hier etwas ist, das Sprecher und Hörer, Autor und Leser *aktuell* verbindet. Es kommt auf die aktivierten Bedingungen der Wahrheit im *eigenen* Urteil an: Jeder kann, indem er jetzt das Urteil fällt, erkennen, daß neben die Korrespondenz von Begriff und Sachverhalt auch die Kohärenz der Begriffe oder Aussagen untereinander tritt. Er unterstellt die begriffliche Stimmigkeit von Ausdrücken wie Aufsatz, Buch, Zeitschrift, Thema oder Länge und muß sie selbst in Beziehung zu immer schon verstandenen Begriffen wie Satz, Behauptung, Aussage und eben – Wahrheit setzen.

Eine Aussage muß somit in einen Kontext anderer möglicher Behauptungen passen, um sich als wahr oder falsch erweisen zu können. Sie muß sich sachlich und logisch in einen Zusammenhang fügen, in dem der Sprecher in der gemeinten Lage mit anderen möglichen Sprechern entweder real verbunden ist – oder mit ihnen verbunden sein kann. Diese Verbindung muß frei von Widersprüchen sein, wenn die fragliche Behauptung wahr und nicht falsch sein soll. Also nimmt ein auf sachliche und begriffliche Stimmigkeit, auf Kohärenz und Konsistenz gegründeter wahrer Satz bereits die Wahrheit basaler logischer Regeln in Anspruch.

Empirische Kohärenz. Neben der logischen Konsistenz gibt es noch eine Kohärenz eigener Art, die in den sprachtechnischen Wahrheitstheorien besondere Aufmerksamkeit gefunden hat, nämlich den Konsens. Der Konsens ist der empirische Zusammenhang, der sich zwischen verschiedenen Sprechern dadurch herstellt, daß sie gleicher Ansicht sind. Wenn alle Leser der Auffassung sind, daß der vorliegende Text ein Aufsatz ist, dann haben sie einen Konsens, ganz unabhängig davon, wie jeder seine Ansicht begründet und von welchen begrifflichen Konsistenzen er ausgeht.

Es ist, so meine ich, auch ohne Erläuterung leicht zu sehen, wie wichtig eine konsensuelle Übereinstimmung zwischen Personen ist. Ohne einen minimalen Konsens darüber, was sich in Aufsätzen findet, würde vermutlich niemand einen Aufsatz schreiben und niemand eine Zeitschrift kaufen. Ohne Konsens gelangt man nicht in die Wahrheit hinein, ohne ihn kann man sich nicht in ihr halten. Vermutlich hätten wir unablässig mit der Abwehr von Lug und Trug zu tun. Ohne Konsens gäbe es keine gesellschaftliche Verständigung, keine Schrift und keine Bücher, ja noch nicht einmal einen Streit über gegensätzliche Ansichten. Man versteht sofort, warum die Soziologen den Konsens als Kriterium der Wahrheit favorisieren: Hier gibt es etwas zu befragen und zu erheben. Aber es eröffnet sich nicht nur ein weites Feld soziohistorischer Untersuchungen, sondern der Konsens kann mit Fug und Recht als der eigentliche Tatbestand der Sozialwissenschaften bezeichnet werden. Deshalb reagieren manche Soziologen so empfindlich, wenn man betont, daß es neben dem Konsens auch noch etwas anderes gibt. Tatsächlich wäre es widersinnig, wollte man dessen tragende Funktion bestreiten. Konsens ist unverzichtbar.

Entschiedener Einspruch ist jedoch geboten, wenn der verselbständigte Konsens zum Königsweg demokratisierter Wahrheit erklärt und anderen möglichen Zugängen so gegenübergestellt wird, als handele es sich um eine Alternative zu Korrespondenz oder Kohärenz.

Der Konsens ist vielmehr ein notwendig mitgemeintes Moment der Kohärenz, die nur in hochspezialisierten Ausnahmen reiner Theorie auf logische Kriterien begrenzt ist. In der Regel bedarf der sachliche Zusammenhang der Bestätigung durch verschiedene Sprecher, die allein schon mit Blick auf differente Positionen in Raum und Zeit zu einem Konsens der Beobachtung und der Beurteilung finden müssen. Dabei reicht es nicht, die Sprecher in formalisierten Positionen zu denken. Wenn wirklich die Wahrheit in Frage steht, geht es um aufmerksame, tätige Personen in aktuell gegebenen Handlungslagen, an denen sie ein eigenes Interesse haben.

Konsenskohärenzkorrespondenz. So wenig wie die Kohärenz läßt sich auch der Konsens von der in jeder Behauptung beanspruchten Korrespondenz zum gemeinten Sachverhalt trennen. Das, worin wir übereinstimmen, ist niemals bloß (noch nicht einmal in den Fällen bloßer Meinung) auf die geäußerte Ansicht bezogen. Es sind niemals bloß die (individuellen) Ansichten, niemals bloß die (kommunikativen) Zeichen tangiert; es geht immer auch um die Realität, auf die wir uns notwendig beziehen und – die wir selber sind.

Damit haben wir ein Ergebnis, das für alle Äußerungen – auch für die nichtpropositionalen – gilt, sofern sie mit dem Anspruch auf Wahrheit verbunden sind: Als Äußerungen sind sie auf etwas gerichtet, dem sie entsprechen. Diese Entsprechung dürfen wir freilich nicht statisch, im Sinne einer Deckungsgleichheit von Wort und Sache verstehen. Sie ist vielmehr dynamisch auf eine Leistung bezogen, die begriffliche Bedingungen setzt und die sich im Handlungserfolg erfüllt. Also ist die Grundlage einer jeden möglichen Wahrheit die Korrespondenz von Anspruch und Erfolg, sagen wir ruhig: getaner Äußerung und ermitteltem Sachverhalt. Doch sowohl als verweisender Ausdruck wie auch als wissentliche Aussage, sowohl als gegebenes Zeichen wie auch als ausgeführte Tat läßt sie sich nur in einem in sich stimmigen Zusammenhang verstehen, in dem sie sachlich und logisch steht.

Das gilt nicht nur für die auf Wahrheit bezogene Leistung: Ohne kohärenten Kontext läßt sich schon ein möglicher Sachverhalt nicht benennen. Also sind die Kohärenz der verwendeten Begriffe und der praktisch bewältigte Kontext die basalen Bedingungen dafür, daß eine auf Wahrheit Anspruch erhebende Leistung, sei sie Aussage, Fingerzeig, praktischer Erfolg oder existentieller Beweis auch als wahr erkannt werden kann.

Schließlich bewegt sich alles Denken und Sprechen in empirischen Zusammenhängen des Wissens und Meinens. Hier muß es tragende Einverständnisse zwischen den Menschen geben, noch ehe ein Individuum mit seiner ersten sprachlichen Äußerung auf adäquate Reaktionen rechnen kann.

Die benötigten Konsensbedingungen gelten nicht nur für die Menschen schlechthin und gewiß auch nicht nur allgemein für die Kulturen überhaupt. Sie tragen vielmehr jede einzelne Äußerung, die verstanden werden kann, und die nur, sofern sie im Medium einer konsensuellen Übereinstimmung verständlich ist, auf ihre Wahrheit hin befragt werden kann. Das gilt auch für Wahrheiten, die einer gegen alle anderen behauptet. Und solche Wahrheiten gibt es. Mit meiner Behauptung, daß »der Mensch geboren« wird, habe ich es selber ausprobiert.

Also können wir sagen: Die Wahrheit beruht auf der Konsenskohärenzkorrespondenz, die allen unseren Äußerungen über die Welt und uns selbst zugrunde liegt. Im Einzelfall kann es zwar möglich oder nötig sein, auf den Konsens zu verzichten; dann gehört er jedoch zur Vorgeschichte einer Wahrheit, deren unabdingbare Sinnbedingung in der Korrespondenz gegeben ist, deren Kriterium wiederum nur in der Kohärenz gefunden werden kann.

Die Wahrung der Welt. Wollte ich mich damit begnügen, die Quintessenz der Wahrheitstheorien des 20. Jahrhunderts zu referieren, könnte ich meine Ausführungen beschließen, zumal das Ergebnis beträchtlich ist: Die von vielen als bedeutend angesehene Neuerung Tarskis wurde motiviert, exponiert und in ihrer praktischen Voraussetzung präzisiert; drei der darauf bezogenen Theorieansätze wurden konturiert und diskutiert, und es wurde dafür argumentiert, daß kein Ansatz für sich allein Gültigkeit beanspruchen kann. Die Wahrheit liegt stets im tätig ausgefüllten Dreieck zwischen dem Ich, dem Wir und den Dingen. Nur wo sich ein seiner selbst bewußtes Wesen vor Anderen seiner selbst auf anderes seiner selbst bezieht, kann etwas als »wahr« beansprucht werden.

Die philosophische Frage nach der Wahrheit ist damit aber noch längst nicht ausgelotet. Denn sie bezieht sich bestenfalls im Vorfeld auf die Kriterien, nach denen Wahrheit ermittelt wird; sie erschöpft sich auch nicht im Aufweis der Relationen, in welchen sie festgestellt werden kann. Da die Wahrheit nicht zu den vorgefundenen Gegenständen der erfahrenen Welt gehört, kann die Frage, was sie denn eigentlich »ist«, nur mit Blick auf ihre mögliche Bedeutung behandelt werden. Und um deren immer auch praktische Konnotation von vornherein in den Blick zu nehmen, kann man auch ohne Umschweife fragen: Was haben wir eigentlich mit der Wahrheit zu tun?

Die Wahrheit interessiert, weil wir ihre Funktion erkennen wollen. Die aber meint den Sinn, den die Wahrheit für den Menschen hat. Die Funktion liegt in der Leistung für das Selbst- und Weltverhältnis des Menschen, der – selbst in der größten Skepsis – nicht anders kann, als sich selbst als eine Realität zu begreifen, die sich zur Realität, zu der sie selbst als deren Teil gehört, in ein Verhältnis zu setzen hat. Und wenn es möglich sein soll, daß dieses Verhältnis derart bewußt werden soll, damit es vom einzelnen Individuum ebenso begriffen werden kann wie von seinesgleichen, dann bedarf es der Wahrheit, die nicht mehr und nicht weniger zum Ausdruck bringt als die bewußte Korrespondenz der eigenen Realität mit der umgebenden Realität, in der sich die eigene bildet.

Die Separierung, die sich mit jeder Individualisierung vollzieht und die uns das Selbstbewußtsein mit jedem eigenen Akt immer auch vermeldet, macht die Wahrheit nötig, weil sich nur in ihr das Selbstbewußtsein mit dem, wovon es sich trennt, als notwendig verbunden erfahren kann.

Die Notwendigkeit, in der sich uns die Wahrheit zeigt, enthält den Stolz und den Trost, daß sich die Separierung des Selbstbewußtseins selbst nur unter *den* Bedingungen vollziehen kann, die uns die Wahrheit als Einheit der Wirklichkeit zum Bewußtsein bringt. Kurz: Es ist die Wahrheit, die uns erlaubt, selbstbewußt und selbstbestimmt in einer Welt mit selbstbewußten und selbstbestimmten Individuen zu leben und auf exakt die gleichen Dinge bezogen zu sein. Es ist die Wahrheit, die uns erwarten läßt, im Medium des Wissens wirklich zu sein. Noch kürzer: Wahrheit wahrt die Welt, die uns gemeinsam ist und die jedem von uns etwas bedeutet.

Kleiner Grundkurs der Individualität: Separierung im Ganzen. Alles Einzelne ist in seiner Bestimmtheit von seiner Umgebung abgegrenzt, obgleich es in seiner Herkunft, in seinen Bestandteilen, in seinem Aufbau wie in seiner Gestalt zu ihr gehört. Nehmen wir die kleinsten erkennbaren Teile der materiellen Welt, ganz gleich ob sie nun Atom, Elektron, String, Quark oder Quantum heißen: Als Individuelles sind sie, selbst bei ephemerer Existenz, einzigartig und in dieser Einzigartigkeit erscheinen sie abgegrenzt und eigenständig.

Wir schließen nicht aus, daß in der Singularisierung eines jeden möglichen Gegenstands der Erkenntnis bereits eine Funktion der Erkenntnis liegt, die sich immer schon unter der Bedingung der selbstbezüglichen Einzigartigkeit vollzieht; denn stets sind es Individuen, denen es in der Erkenntnis um Allgemeinheit geht. Den sich damit einstellenden Verdacht auf einen transzendentalen Idealismus kann man entschärfen, weil das, was sich in der individualisierenden Funktion der Erkenntnis zeigt, in der Selbstorganisation materieller Prozesse angelegt ist: Gravitation und Repulsion, Magnetismus und molekulare Kohärenz, Fließgleichgewicht und Tropfenbildung, Kristallisation und Autopoiese sind bereits durch Gesetzmäßigkeiten bestimmt, die in der Selbstorganisation lebendiger Materie zu eigenständigen Regulationsmechanismen werden. Ein lebendiger Organismus hebt sich nach eigenen Funktionsgesetzen von seiner Umgebung ab und bildet sich im Schutz einer von ihm selbst geschaffenen Grenze als eigene Einheit aus.

Das gelingt nur, sofern die eigenen Gesetze der selbstbezüglichen Organisation nicht im Widerspruch zu den Gesetzen der natürlichen Umgebung stehen. Und es gelingt auch nur, weil die selbstgeschaffene leibhaftige Grenze erstmals die gezielte Öffnung zur (so allererst spezifische Bedeutung erlangenden) Umwelt erlaubt. Das erstmals in der Selbstorganisation angeeignete Eigene behauptet sich gegen die Natur, zu der es gehört, und kann darin nur erfolgreich sein, solange es mit seinem Eigenen ursprünglich auf das Andere seiner Umgebung bezogen bleibt.

Alles, was im Organismus geschieht, erfolgt somit in Korrespondenz zur umgebenden Welt und in Kohärenz mit seinen eigenen Kriterien, die, angesichts der grundlegenden Korrespondenz zwischen Innen und Außen, auch die Kohärenz mit den allgemeinen Gesetzen zu wahren haben. Die Einheit der Regulationsmechanismen eines Organismus greift somit notwendig über die leibhaftig gebildete Grenze hinaus. Ein Organismus ist niemals bloß bei sich selbst.

Von der Wahrnehmung zur Wahrheit. Die Kehrseite der impliziten Verbindung von Innen und Außen organischer Einheiten ist, daß mit der Selbsteingrenzung organischer Wesen auch eine umgebende Sphäre entsteht, die mehr ist als das pure Faktum sich endlos anlagernder Dinge. Jedes Lebewesen umgibt ein Raum, in dem es durch seine eigene Lage eine auf es selbst bezogene Ordnung gibt. In dieser eigenen Ordnung entfaltet sich die Aktivität des lebendigen Individuums, das im geordneten Raum seine eigene Dauer im Nacheinander seiner Vollzüge als Zeit erleben kann.

Mit der Abschirmung durch die Membran entsteht nicht nur einfach die Notwendigkeit einer spezifischen Öffnung, sondern zugleich auch die der Prüfung dessen, was eingelassen oder abgewehrt wird. Also schafft sich der Organismus mit der selbstgeschaffenen Isolierung in der eigenen Haut die Aufgabe der Wahrnehmung dessen, was außer ihm ist. Mag die nach eigenen Kriterien auf anderes seiner selbst gerichtete Empfindung noch unmittelbar zur Einstellung auf Abwehr, Abkehr oder Aufnahme führen; mit einer Wahrnehmung, die sich mit (retardierender) Erinnerung und (antizipierender) Erwartung verbindet, und die komplexe Verhaltensweisen wie Tarnung, Täuschung, Verstellung oder Verstecken nach sich ziehen kann, steht das Wahrheitsproblem bereits unmittelbar bevor.

Und es stellt sich definitiv, sobald die Prüfung der Wahrnehmung in dem die Welt absteckenden Dreieck aus dem Ich, den Anderen und dem dinglichen Anderen überhaupt erfolgt.

Schon das pflanzliche Leben scheint sich eine Atmosphäre zu eröffnen, die weit über seine physischen Grenzen hinausreicht. Dort, wo es auffällig blüht oder seine Früchte süß oder giftig, stachelig oder unverdaulich macht, ist es aktiv auf eine Umwelt bezogen, die andere Lebewesen einbezieht. Natürlich gibt es hier keinen objektiven Anhaltspunkt dafür, daß dies in Antizipation der möglichen Effekte geschieht – gleichwohl können wir uns des Eindrucks kaum erwehren, daß die Wahrheit des Blühens darin liegt, bemerkt zu werden.

Bei den sich selbst bewegenden Tieren aber ist die Lebenssphäre bereits offenkundig auf die Gegenseitigkeit der Wahrnehmung berechnet, und dies keineswegs nur innerhalb der eigenen Population. Die mit Sinnesorganen ausgestatteten Wesen sind in ihrem raumgreifenden Verhalten nicht nur auf das eigene Fühlen, Riechen, Hören oder Sehen eingestellt; sie gehen ursprünglich davon aus, auch selbst gefühlt, gerochen, gehört oder gesehen zu werden.

Die lebendige Natur entfaltet sich somit schon früh in einem Horizont wechselseitiger Wahrnehmung. Er weitet sich zu einer alle Horizonte überschreitenden Sphäre der Offenheit, sobald die Wahrnehmung mit ihrer Feststellung als Erkenntnis verbunden wird. Damit ist die Frage nach der Wahrheit unausweichlich. Dann nämlich geht es um die Kontrolle eines für sich genommenen Ertrags wirklicher oder möglicher Wahrnehmung unter den Bedingungen anderer wirklicher oder möglicher Wahrnehmungen. Wo dieser Bereich Gegenstand eigener Sicherung ist, sprechen wir von *Öffentlichkeit*.

Wo immer Wahrheit gesellschaftlich wirksam werden soll (und das ist nicht erst in der Politik, sondern bereits in der Wissenschaft der Fall) wird Öffentlichkeit benötigt. Im personalen Verhältnis selbstbewußter Individuen genügt *Offenheit*, die selbst intimen Mitteilungen eine das Verhältnis von Ich, Du und Sachverhalt umspannende Sphäre der Wahrheit eröffnet.

Die Kontrolle der Wahrnehmung erfolgt unter den Konditionen wirklicher oder möglicher Mitteilung gegenüber anderen selbstbewußten Wesen. Gesetzt, die Korrespondenz zwischen Organismus und Umwelt gilt auch für lebendige Wesen mit Selbstbewußtsein, gesetzt, auch ihre Leistungen stehen unter der Anforderung interner und externer Kohärenz, dann hat auch die Wahrnehmung selbstbewußter Wesen diesen Kriterien zu entsprechen, wann immer sie den Erwartungen auf Sachhaltigkeit und Mitteilbarkeit zu genügen hat.

Die Kriterien der Prüfung erfüllen ihre Funktion im Dreieck zwischen dem sich selbst als Ich wahrnehmenden Organismus, den ihm als seinesgleichen mitbewußten Anderen und dem jeweils mitgemeinten Sachverhalt. In diesen Korrespondenz und Kohärenz unterstellenden und auf Konsens rechnenden Kriterien bewegt sich jede ernstgemeinte Prüfung einer Wahrnehmung, selbst dann, wenn nur ein einzelnes Ich wissen will, ob es sich irrt oder nicht. Nur im Medium dieser wirklichen oder unterstellten Kontrolle wird aus einer Wahrnehmung das, was wir Erkenntnis nennen.

Erkenntnis als Summe festgestellter verbindlich gemachter Wahrnehmungen ist der Stoff, aus dem sich Wissen bildet. Wo immer Wissen angestrebt oder erworben, verbreitet oder methodisch gesichert wird, ist die Wahrheitsfrage unausweichlich, so vormodern oder antepostmodern sie auch immer erscheinen mag.

Die substantielle Funktion der Wahrheit. Die Selbstabgrenzung durch Selbstorganisation erscheint nirgendwo größer als beim seiner selbst bewußten Menschen. Er steckt nicht nur, wie jedes andere Lebewesen, in seiner Haut, sondern er weiß davon und kann, im Lichte dieses Wissens, auch ein Gefühl von Verlassenheit, Einsamkeit und Entfremdung verspüren. Alle Gefühle haben ihre Bedeutung nur im Medium eines wahrheitsfähigen Wissens. Glaubt man den Skeptikern, dann soll es Fälle geben, in denen es einem Menschen gelingt, sich durch methodisch angeleitete Zweifel davon zu überzeugen, daß er mit seinem Ich so sehr auf sich zurückgeworfen ist, daß gar nicht sicher ist, ob es außer ihm überhaupt noch etwas anderes gibt. Ich kenne solche Fälle vollkommener Selbstisolation nicht, und glaube auch nicht wirklich, daß es sie gibt.

Folgt man aber den Auguren des Zeitgeistes, dann ist der massenhafte Auftritt solcher in sich selbst verlorener Subjekte, die nicht wissen, ob es außer ihnen noch etwas anderes gibt, das Zeitalter der Moderne. Fragen wir gar nicht erst, woher die modernen Menschen denn wissen, daß es die Moderne und in der Moderne so viele Subjekte gibt, die es im Plural gar nicht geben dürfte, wenn sie wirklich so subjektiv wären, wie sie gerne sein möchten. Es hat den radikalen Skeptiker (und erst recht den Solipsisten) noch nie gestört, daß da andere sind, denen er beweist, daß es sie und ihn aus seiner Sicht gar nicht geben kann.

Sicher ist hingegen, daß sich der einzelne Mensch wissentlich mindestens auf seinen eigenen Standpunkt stellen kann, von dem aus es ihm möglich ist, über sich und seinesgleichen sowie über alle anderen Vorkommnisse dieser Welt jeweils auf seine Weise zu befinden. In diesem Wissen ist der Einzelne jedoch nicht nur notwendig mit seiner leibhaftigen Gegenwart, sondern ursprünglich auch mit seinesgleichen sowie mit den gewußten Sachverhalten verbunden. Und weil dies so ist, kann sich kein Ich der Wahrheitsfrage entziehen, die eben darauf zielt, daß individuelles Bewußtsein von etwas auch wirklich den Status des Wissens verdient. Denn im Wissen, das ist der in ihm liegende Anspruch, sind Ich, Wir und Welt logisch und sachlich verbunden.

In diesem Anspruch ist das jeweilige Wissen auf seine logische und sachliche Stimmigkeit zu prüfen. Die kann sich nicht auf den Vergleich mit dem gemeinten Sachverhalt beschränken, der unerläßlich, aber nicht immer eindeutig ist. Die Prüfung zielt immer auch auf die Übereinstimmung des Wissenden mit sich selbst, mit seinem sonstigen, vom Erfolg nicht unabhängigen Wissen und auf die mit dem Wissen verknüpfte Intention. Er muß sich selber prüfen, ob er ernsthaft wissen will, ob es ihm um ästhetische Aussagen oder nur um eine rhetorische Pointe geht. Schließlich hat er auch darauf zu sehen, ob seine ernstgemeinte Auffassung zu den Ansichten der Anderen paßt.

Mit alledem versichert der Einzelne sich in seinem Wissen. Denn es ist die Natur des ursprünglich auf die Individualität gegründeten und gleich ursprünglich auf Universalität gerichteten Wissens, welche die fortwährende Überprüfung seiner Leistungen erforderlich macht. Der unablässige Wechsel individueller Perspektiven, die vom Gang der Ereignisse erzwungene Abfolge von Situationen, der unaufhaltsame Auftritt neuer Individuen sowie der in der Logik des Wissens selbst liegende Anspruch auf Gültigkeit verlangen aus sich heraus die Offenheit des Wissens als Wissen. Und die Instanz, vor der sich das Wissen als Wissen auszuweisen hat, ist die Wahrheit.

Die Funktion der Wahrheit liegt also in der Versicherung des Wissens – für den Einzelnen nicht weniger als für die Gesamtheit der auf Erkenntnis angewiesenen Wesen. Man müßte schon die Bedeutung des Wissens selbst in Zweifel ziehen, wenn man wirklich an der Bedeutung der Wahrheit zweifeln wollte. Da sich ein solcher Zweifel nur mit einem (irgendwie schon durch ein Wissen begründeten) Wissen rechtfertigen ließe, ist leicht kenntlich zu machen, welche trüben Aussichten der Zweifel an der Wahrheit hat.

Das kann nur jene enttäuschen, die das Wissen hinter sich lassen wollen. Sie können und sollen natürlich alle Freiheiten haben, ihren Selbstwiderspruch auszuleben. Nur in der Wissenschaft sind sie garantiert auf dem falschen Weg.

Philosophiekolumne

Software

Von Christoph Türcke

Gute Geigenbauer müssen Geige spielen können; wie sollten sie sonst ein Gespür dafür entwickeln, welches Holz bei welcher Behandlung welchen Ton ergibt? Aber sie müssen keine Virtuosen sein. Beim Computerbau ist es ähnlich. Wer die besten Kunststoffe, Drähte und Halbleiter entwickeln, die kleinsten Chips basteln, die handlichsten Formate und augenfreundlichsten Bildschirme herstellen will, muß etwas vom Programmieren verstehen, aber nicht notwendig ein begnadeter Programmierer sein. Der Computer selbst ist ja nicht das Programm, sondern bloß dessen Gehäuse, die Hardware, wie es im Fachjargon heißt; das betriebsbereite Programm hingegen wird Software genannt.

Ein fast poetisches Wort. Es suggeriert Weichheit, Anschmiegsamkeit, Durchlässig- und Durchsichtigkeit – Eigenschaften, die vorzugsweise mit Intelligenz assoziiert werden. Was die klassischen Intelligenztests erklärtermaßen messen wollten, war ja die Anpassungsfähigkeit von Menschen an ihre Lebensbedingungen. Und Programme sind insofern intelligent, als sie der Lösung von Problemen dienen, die sonst viel menschliche Arbeitszeit kosten würde, sei es das Herstellen von Schriftsätzen, Verwalten von Archiven und Karteien, das Ermitteln der besten Verbindungswege im Straßenverkehr, im Betrieb oder auf dem Schachbrett, das Steuern von Apparaturen, das Vergleichen von Kaufangeboten, das Überweisen von Geld.

Nur was ist daran »soft«? Programm heißt wörtlich Vorschrift. Programmiersprachen stehen im Imperativ, sie ordnen an. Programme sind zwar um so leistungsfähiger, je besser sie sich an besondere Situationen anschmiegen, will sagen, je mehr Detailprobleme sie einkalkulieren. Aber sie bleiben dabei stets eine starre Anordnung winziger Schaltungen, die nur zwei Möglichkeiten vorsehen: Strom durchlassen oder sperren. Wie ein Lichtschalter. Ein Programm »schreiben« heißt ein Netzwerk solcher Schaltungen entwerfen. Aber erst wenn es auf einer Plattform von Drähten, Kontakten, Schaltungen, Chips etc. installiert ist, hat es Software-Status.

Software, so läßt sich definieren, ist durch eine Abfolge von Schaltungen und Leitungen *konfigurierte elektrische Energie*. Dieses Konfigurieren steckte im Jahre 1943 noch in den Kinderschuhen, als der Neurophilosoph Warren McCulloch und der Mathematiker Walter Pitts eine atemberaubende Analogie entdeckten: Nervenzellen haben zwei Arten zu reagieren – entweder sie feuern, oder sie feuern nicht, entweder sie leiten die Reize, von denen sie erreicht werden, als elektrische Impulse weiter, oder sie unterlassen es. Insofern verhalten auch sie sich wie Lichtschalter. Nur tun sie zugleich noch viel mehr, sind sie doch hochkomplexe Mikroorganismen. Die Weiterleitung von Energie erfolgt bei ihnen über eine Fülle neurochemischer Reaktionen, die im Detail noch längst nicht alle durchschaut sind. Nicht zu reden von den Nervenzellen selbst. Ein menschliches Gehirn enthält Milliarden davon.

Da können die Computer nicht mithalten. Noch nicht. Aber sie holen auf. Ihre Schaltungen werden immer komplexer, anpassungsfähiger, »intelligenter«. Und im Prinzip tut auch das Gehirn nichts anderes als elektrische Energie konfiguriert weiterleiten. Ist also die oben gegebene Definition für Software, »konfigurierte Energie«, am Ende auch die einzig illusionslose, präzise, wissenschaftlich haltbare Umschreibung dessen, was man früher »Geist« nannte?

Es scheint so. Müssen wir doch die bittere Pille schlucken, daß lebendiger Geist nicht, wie die Metaphysik allzulang glauben machte, eine eigene Substanz neben der Materie ist, sondern lediglich ein bestimmter Aggregatzustand elektrischer Energie, gewissermaßen eine in Gärung befindliche Software. Software mit kleinen biochemischen Besonderheiten. Doch die haben es in sich. Denn die Software, die in Computern steckt, ist ohne jede Gärung: festgelegt auf eine bestimmte berechenbare, reproduzierbare, übertragbare Konfiguration, und damit Geist in entäußerter, erstarrter, lebloser Form - wie die Schrift.

Schrift kann Niederschlag bedeutendsten Wissens sein. Sie selbst weiß nichts von dem, was in ihr aufgezeichnet ist. Auch Software weiß nichts von dem Wissen, das sie enthält. Im Unterschied zur Schrift wird sie zwar tätig: steuert, regelt, kontrolliert. Doch ihre Bewegung ist wie die eines Filmbildes. Sie läuft ab, aber sie ist nicht lebendig. Daher ist der große Forscherehrgeiz der Neurokybernetiker darauf aus, das in Software leblos gewordene Wissen dem lebendigen bis zur Indifferenz anzunähern, der Konstitution des Geistes auf die Schliche zu kommen und eine Art von Geist zu erzeugen, der an den Unzulänglichkeiten des menschlichen nicht länger laboriert.

Ist das machbar? Das hat John R. Searle schon 1984 in *Geist, Hirn und Wissenschaft* verneint. Computerprogramme, sagt er dort, schreiben eine Syntax vor, die jeder Benutzer befolgen muß, wenn er sich mitteilen will. Aus Syntax aber könne nie Semantik werden. Beweis: das »chinesische Zimmer«. Gesetzt, jemand, der kein Wort Chinesisch versteht, werde in ein Zimmer eingeschlossen, finde dort in einem Korb Kärtchen mit chinesischen Buchstaben vor und bekomme andere Kärtchen, ebenfalls mit chinesischen Buchstaben beschriftet, hineingereicht samt einer Anleitung, wie die neu hinzukommenden Buchstaben mit den vorgefundenen zu kombinieren seien. Etwa: Wird eine bestimmte Serie von Krikelzeichen eingegeben, so sollen bestimmte Krakelzeichen aus dem Korb in einer genau definierten Reihenfolge verbunden und wieder aus dem Zimmer hinausgereicht werden. Gesetzt, die Eingaben seien sinnvolle Fragen, die Ausgaben passende Antworten. Dann wären die Regeln die dazugehörige Syntax.

Der Mann im Zimmer jedoch, der brav nach diesen Regeln Antworten zusammenstellt, erfährt vom Sinn der Fragen und Antworten, zwischen denen er so kompetent vermittelt, rein gar nichts. Ebensowenig wie eine Software, die nach syntaktischen Regeln Eingaben zu Ausgaben kombiniert, hat er nicht die geringste Chance, durch noch so akribisches Befolgen seines Regelwerks auch nur ein Wort Chinesisch zu lernen, weil es ihm strikt vorenthält, was die Buchstaben bedeuten. Folglich kann kein Computer denken lernen, denn »zum Denken gehört semantischer Gehalt mit einer Bedeutung«, und die gibt es nur in lebenden Wesen, weshalb »Geisteszustände biologische Phänomene sind«.

Das ärgert die Neurokybernetiker. Woher will Searle denn wissen, daß etwa Maschinen, die Intelligenzleistungen vom Format eines Schachcomputers erbringen, für immer davon ausgeschlossen sein sollen, Bedeutung damit zu verknüpfen? Heißt biologisch denken hier nicht zu kurz denken? »Bestimmte Teilchen«, sagt Ray Kurzweil, »können für unser Bewußtsein und unsere Identität wohl kaum ausschlaggebend sein, denn sie werden in unserem Körper ja laufend ausgetauscht. So treten innerhalb von einigen Jahren neue Zellen ... an die Stelle der alten. Auf atomarer Ebene geht der Austausch noch schneller vonstatten ... Teilweise beständig ... sind dagegen die Strukturen der Materie und der Energie unseres Körpers«.[1]

[1] Ray Kurzweil, *Homo sapiens. Leben im 21. Jahrhundert*. Köln: Kiepenheuer & Witsch 1999.

Mit anderen Worten: Bewußtsein, Gedächtnis, Identität sind Strukturen. Eine Struktur pflegt relativ stabil zu sein; unstet sind die Teilchen, aus denen sie sich konfiguriert. Indem sie permanent wechseln, geben sie zu verstehen, daß die Struktur nicht an bestimmten Teilchen hängt. Warum also soll es auf ewig den Teilchen eines menschlichen Körpers vorbehalten sein, Bewußtsein zu konfigurieren?

Es gibt ja schon sehr leistungsfähige Prothesen und Implantate, und mit elektronischen Empfängern im Innenohr gegen Schwerhörigkeit oder winzigen Elektroden im Gehirn gegen neuronale Hyperaktivität ist ein Niveau des Zusammenwirkens organischer und anorganischer Materie erreicht, auf dem es nach Kurzweil bald möglich sein werde, defekte Nervenschaltungen durch haltbarere Nanoröhren zu ersetzen – und schließlich das gesamte Netzwerk eines lebendigen Gehirns bis ins Detail zu scannen und in einem Neurocomputer so zu speichern, daß die Kopie vom Original nicht mehr unterscheidbar sei.

Nun, Wahrnehmungsleistungen werden sich gewiß auch weiterhin durch Mikroimplantate verbessern lassen. Mag sein, daß auch bald bestimmte Gedächtnisschwächen, die auf neuronaler Fehlleitung beruhen, durch Neuroimplantate verschwinden. Hingegen sämtliche Verbindungswege aufzuzeichnen, auf denen ein ganzes Gehirn Erregung leitet, ist zwar logisch nicht unmöglich, aber praktisch aussichtslos. Und die Vision eines Scanners, der ein lebendiges Gedächtnis so kopiert, daß es danach einmal im Kopf einer Person und einmal als Backup im Neurocomputer existiert, ist purer High-Tech-Aberglaube.

Dabei hat Kurzweil diesen Aberglauben nicht ungeschickt eingefädelt: Geist, Bewußtsein, Gedächtnis als relativ feste Strukturen in einem Tumult permanent wechselnder Teilchen definiert und so den Anschein erweckt, die Struktur sei etwas Eigenständiges, von den Teilchen Ablösbares. Genauso haben die alten Metaphysiker die Selbständigkeit des Geistes zu suggerieren versucht. Nur wird sie jetzt nicht mehr als reine substantielle Form gedacht, sondern als reine übertragbare Verschaltung, Vernetzung.

Der Haken ist jedoch: Sie existiert nie rein. Auch Software ist nie reine Konfiguration, sondern stets Konfiguration von Energie, die sich ihrerseits nur durch Leitungen, Kontakte und Schaltungen konfigurieren und übertragen läßt. Ganz schief die Vorstellung, Software und Hardware seien die zeitgemäßen Namen für Geist und Materie. Software ist lediglich *geronnener* Geist, eine Form, die immer schon eine Materie hat, wie umgekehrt Hardware zwar Materie ist, aber keineswegs formlos. So gewiß Form nicht Materie ist, gibt es das Immaterielle, Ideelle, Geistige auch nach dem Sturz der alten Metaphysik. Aber es existiert nie separat. Form ist nie ohne Materie. Beide sind, um es mit einer alten theologischen Formel zu sagen, »ungetrennt und unvermischt«. Sie haften aneinander und füreinander. Nicht immer in monogamer Weise. Manche Formen können eine Mehrzahl von Materien annehmen und umgekehrt; aber nicht jede Form jede Materie.

Und manche Materien sind sehr eigen. Es ist gewissermaßen eine Marotte der Natur, daß sich ausgerechnet auf Aminosäure- und Proteinbasis jene pulsierende Konfiguration von Energie herausgebildet hat, die der Homo sapiens als »Geist« erlebt. Vernünftige Gründe dafür sind nirgends erkennbar. Es ist ein ständiges Ärgernis, daß der Geist derart ungreifbar »über den Wassern schwebt«, aus denen ein Gehirn nun einmal überwiegend besteht. Marvin Minsky, einer der Pioniere der künstlichen Intelligenz, hat schon in den fünfziger Jahren das Gehirn eine »Fleischmaschine«, einen »blutigen Dreck« genannt und als unwürdigen Sitz des Geistes gebrandmarkt. Ein ganzer Forscherstab arbeitet inzwischen daran, dem Geist in anorganischen Schaltkreisen eine sauberere Wohnstätte zu bereiten, ihn abgelöst von allem körperlichen Verfall und Verdruß, sozusagen als Backup seiner selbst, unbegrenzt haltbar zu machen und den alten Traum von der Seelenwanderung neurokybernetisch zu verwirklichen. Doch leider ist Geist nie mehr als konfigurierte Energie. Wo er als Konfiguration an sich, als reine Form ausgegeben wird, wird bereits seine Autarkie suggeriert und nach seiner Unsterblichkeit geschielt. Der philosophische Idealismus kehrt fröhlich wieder.

In seiner kybernetischen Version kommt die Unterstellung hinzu, Geist lasse sich ohne Rest durchrechnen. Sonst könnte er ja nicht vollständig in einen Rechner eingehen. Ist das nicht aber der offensichtliche Gipfel des kapitalistischen Wahns, alle Qualitäten ließen sich in Quanta auflösen, ein Wahn, der seit der flächendeckenden Verwandlung menschlicher Arbeitskräfte in Waren in alle Lebensbereiche vordringt?

Es gibt immerhin noch ein paar Unbestechliche, die so denken. Doch selbst bei ihnen beginnt der kritisierte Wahn erste Infektionsspuren zu hinterlassen. Seit die Informationstechnologie den Kapitalismus durchdrungen habe, so Antonio Negri und Michael Hardt in *Empire*, sei auch Arbeit etwas grundlegend anderes geworden. Produktionsprozesse, die ebenso durch Software, also durch »Wissen« gesteuert werden wie Aktenverwaltung und E-Mail-Verkehr, lassen sich von Dienstleistung und Kommunikation nicht mehr trennscharf unterscheiden. »Produzieren bedeutet zunehmend, Kooperation, Kommunikation und Gemeinsamkeiten herzustellen«, folglich tendiere gesellschaftliche Arbeit dazu, »immateriell« zu werden. Damit sei auch nicht mehr möglich, den durch Arbeit erzeugten Wert und Mehrwert so dingfest zu machen, wie Marx es einst bei den zermürbenden Handgriffen eines Proletarierheers an Dampfmaschinen tat.

Daran ist zweierlei schief. Wieso »immaterielle« Arbeit? hätte Marx mit Recht gefragt. Dadurch, daß Produktion und Dienstleistung ineinander verschwimmen, daß beide durch Blick auf Bildschirme und Druck auf Tasten geschehen, daß die Arbeitenden sich dabei körperlich wenig bewegen und nichts Schweres mehr heben müssen, hört Arbeit doch nicht auf, »Verausgabung von menschlichem Hirn, Nerv, Muskel, Sinnesorgan« zu sein, wie es im *Kapital* heißt. Nicht einmal Komponieren und Philosophieren ist rein immateriell, »immaterielle Arbeit« ein hölzernes Eisen.

Andererseits sind die Marxschen Wertberechnungen nicht erst durch die Informationstechnologie zweifelhaft geworden. Sowenig der Wert einer Ware allein durch Angebot und Nachfrage bestimmt ist, sowenig allein durch die in sie hineingesteckte Arbeitsmenge. Die Handgriffe ungelernter Proletarier als das Quantum »einfacher« Arbeit zu nehmen, von dem aus sich alle »komplizierte« Arbeit, wie etwa Facharbeiter, Ingenieure, Verwalter, Ärzte, Lehrer sie leisten, als »multiplizierte einfache Arbeit« errechnen lasse – das hat von Anfang an nicht funktioniert. Es ist jetzt nur noch offenkundiger geworden.

Umgekehrt ist auch schon die Dampfmaschine als Niederschlag von Erfinderintelligenz materialisiertes Wissen gewesen, das von Arbeitern gewinnträchtig angewendet wurde. Strukturell geschieht nichts anderes, wenn Teams heute Softwares entwickeln, die auf Knopfdruck ganze Maschinenparks steuern, nur daß die Software ungleich intelligenter ist, weniger, aber geschulte Arbeitskräfte erfordert und die ungelernten, die einmal das spezifische Gewicht der Arbeiterklasse ausmachten, zur Randexistenz eines unvermeidlichen Überbleibsels verurteilt. Schon der Frühkapitalismus war damit beschäftigt, vergegenständlichtes Wissen produktiv und profitabel zu machen. Er war selbst schon »Wissensgesellschaft«; die heutige hat dieser Art von Wissen, nämlich dem in Software geronnenen, lediglich ein nie gekanntes Übergewicht verschafft.

Damit ist der Software unversehens die Rolle eines sozialen Brennpunkts zugewachsen, wie André Gorz hervorhebt.[2] Nicht nur schreitet sie täglich darin fort, Bewegungen lebendigen Denkens in Rechenoperationen zu verwandeln. Das Internet hat sie auch in einen Zustand versetzt, in dem sie sich von jedem PC aus kostenlos und ohne Qualitätseinbuße kopieren läßt: »herunterladen«, wie das Fachwort heißt.

Damit gerät der gewinnträchtigste Posten des globalen Kapitals, das Software-Wissen, in Konflikt mit der kapitalistischen Eigentumsordnung. Was sich gratis herunterladen läßt, kann nicht verkauft werden. Es ist allen, die es wünschen, gemeinsam, befindet sich buchstäblich in einem kommunistischen Zustand – wenn es nicht umständlich verschlüsselt und »mit Hilfe von Urheberrechten, Patenten, Markenschutz und Kopierschutzmaßnahmen vor Lektüre, Weitergabe und Veränderung geschützt wird«.[3] Ein Schutz, der Kapitalinteressen zugute kommt, aber nicht der optimalen Weiterentwicklung von Software. Die verlange nämlich geradezu danach, daß jedem ihrer Benutzer auch ihre Quellcodes offenstehen, weil ihr Ist-Zustand nie fehlerfrei und sie ohnehin ständig auf differenziertere Problemlösungen hin verbesserungsbedürftig sei. Nur über gemeinsame Arbeit an einem gemeinsamen Gut sei sie optimierbar. So die Überzeugung der globalen Bewegung »Freie Software«, die mit ihren Gratisangeboten Großunternehmen in Panik versetzt und zudem abwechselnd zwischen einträglichen temporären Jobs, kostenloser Beratungstätigkeit und viel freier Zeit einen Lebensstil der Gemeinsamkeit probt, der alle an Gewinnmaximierung Orientierten irritieren muß.

Im Dunstkreis der »freien Software«, wo die »Grenze zwischen digitaler Elite und digitalem Proletariat ... äußerst porös« ist, sieht Gorz eine Dissidentenkultur entstehen, in der sich das »Humankapital« dem Kapitalismus entwindet und in ein Kapital der Humanität verwandelt. Die Dissidenten selbst hängen ihre Opposition allerdings oft um einiges tiefer. Grassmuck: »Hier eine Ware, die dem Konsumenten vom Produzenten verkauft wird, dort ein kollektives Wissen, das allen zur Verfügung steht. Hier konventionelle Wirtschaftspraktiken, die tendenziell immer auf Verdrängung und Marktbeherrschung abzielen. Dort ein freier Wettbewerb um Dienstleistungen mit gleichen Zugangschancen zu den Märkten.« Das ist vorab innerkapitalistisch gedacht – ohne die »freie Software« als das postume Gespenst des Kommunismus wahrzunehmen, das sie allein durch die simple Tatsache ist, daß sie an den Nerv des Privateigentums rührt.

Allerdings kann auch aus der freiesten Software nie mehr als eine Schaltanordnung werden, und die ist für sich genommen noch kein Kapital der Humanität. So gewiß aus einem Vieleck kein Kreis wird, wird kein technischer Fortschritt das in Software verrechnete Wissen in lebendiges Alltagswissens zurückverwandeln. Herunterladen kann nie Gedankenübertragung werden. Ohne Übertragung lebendiger Gedanken aber kann weder im kleinen noch im großen solidarische Gemeinschaft gedeihen. Zwar hat das Internet die Software kommunistisch gemacht, aber ebenso hat es sie auf den kürzesten Weg zum Weltmarkt gebracht. Ihr kommunistischer Zustand ist bloß virtuell. Immerhin: Wenn dieser Aspekt der *virtual reality* massenhaft begriffen würde, so wäre das fast schon ein Umsturz.

---

2 André Gorz, *Wissen, Wert und Kapital. Zur Kritik der Wissensökonomie*. Zürich: rpv 2004.

3 Volker Grassmuck, *Freie Software. Zwischen Privat- und Gemeineigentum*. Bonn: Bundeszentrale für politische Bildung 2004.

Politikkolumne

Die Realität ist grau

Von Christoph von Marschall

Soll man überhaupt noch versuchen, die Vereinigten Staaten zu verstehen? Hat es noch Sinn, nach Erklärungen zu suchen, warum die USA handeln, wie sie handeln, auch wenn man es nicht rechtfertigen mag? Rund die Hälfte der Bürger versteht ja selbst nicht mehr, was George W. Bushs Regierung tut, und billigen wollen es nicht einmal vierzig Prozent. Geheimgefängnisse, Geheimflüge zur Verbringung Terrorverdächtiger in ausländische Folterkeller, von oben abgesegnete Mißhandlungen Gefangener durch die CIA; eine Besatzungspolitik im Irak, die immer mehr Iraker gegen die USA aufbringt und doch die Bedrohung durch Anschläge nicht mindern und den Widerstand kaum zurückdrängen kann; eine Verfassung, in der zu viele Kompromisse bei Frauen- und Minderheitenrechten gemacht wurden – was kann unter all den Bedingungen am Ende überhaupt noch herauskommen? Ein Sieg, wie Bush nicht müde wird zu behaupten? Eine Schmach à la Vietnam, wie Skeptiker befürchten? Und was sind die Maßstäbe für das Urteil?

»The land of the free and the home of the brave« wollen die USA nach eigenem Anspruch sein. Das Mutterland der Demokratie und die Führungsmacht der westlichen Welt, die Verteidigerin der Menschenrechte und Grundwerte. Wer will das noch ernst nehmen? Kummer hat Amerika seinen europäischen Freunden immer wieder bereitet: Vietnam, Nachrüstung, Unterstützung menschenverachtender Militärjuntas gegen den Kommunismus, Klimapolitik, Todesstrafe. Aber so düster, so schmutziggrau wie jetzt sah es schon lange nicht mehr aus.

Über diesen Widerspruch – was Amerika sein will, und was es tatsächlich ist – erregen sich viele Europäer. Amerikaner haben einen überbordenden Idealismus und zugleich einen atemberaubenden Pragmatismus. Als Präsident Bush die irakische Zukunft nach Saddam Husseins Sturz ausmalte, mußte es gleich die volle Packung sein: Demokratie, Rechtsstaat, westliche Werte, Bürgerrechte. Zu schön, um wahr zu sein angesichts der Geschichte des Landes und der fehlenden Traditionen einer Zivilgesellschaft. Ein bißchen weniger Diktatur, ein bißchen mehr Freiheiten und eine etwas gerechtere Verteilung von Ölreichtum und politischem Einfluß zwischen den Volksgruppen – das wäre ja auch schon ein lohnendes Vorhaben gewesen.

Den mangelnden Realismus bei der Zielbeschreibung überkompensiert die Bush-Regierung bei der Umsetzung. Ob im Irak oder im internationalen Kampf gegen den Terror: Da wird mit fast jedem paktiert, der Amerikas Interessen nützlich ist, mag der Partner auch noch so belastet sein – brutale Warlords, korrupte Geschäftsleute, Folterknechte in Ägypten, Jordanien, Syrien und Pakistan. Am Ende reduziert sich alles auf die Frage der Nützlichkeit eines potentiellen Partners: Ist er Teil der Lösung oder Teil des Problems? In europäischen Augen neigen Amerikaner dazu, zu große Kompromisse zwischen ihren hohen Idealen und der Realität zu machen.

Bezeichnenderweise kritisieren umgekehrt viele Amerikaner den europäischen Umgang mit dem Widerspruch zwischen Theorie und Praxis. Als naiv empfinden sie die fühlbare Distanz insbesondere der Deutschen zu jeder Geheimdienstarbeit, wie sie während der Debatte um CIA-Überflüge jüngst zutage trat – als stehe allein schon die Existenz solcher Dienste im Ruch der Illegalität. Als realitätsfremd betrachten sie den Anspruch, Terrorverdächtigen den Schutz durch die Genfer Konvention zuzusprechen - die sei nur für reguläre Soldaten geboten. Und als bigotte Doppelmoral bezeichnen sie die Haltung, einerseits die amerikanische Geheimdienstarbeit verdammen, andererseits aber von deren Erkenntnissen für die eigene Terrorabwehr profitieren zu wollen. Die Europäer können sich ihre hohen Ansprüche nur leisten, weil sie selten in die Verlegenheit kommen, deren Tauglichkeit in der Praxis zu erproben, spotten die Amerikaner. In ihren Augen sind Europäer unfähig zu Kompromissen zwischen den Idealen und den Notwendigkeiten der Praxis.

Hinter dem wechselseitigen Unbehagen verbirgt sich die Frage: Wieviel grau ertragen Amerikaner und Europäer - an sich selbst und aneinander?

Amerika wird seinen eigenen Ansprüchen nicht gerecht. Aber es ist besser als sein Ruf. Unter dem Eindruck der Anschläge vom 11. September 2001 hatte der Kongreß dem Präsidenten - in voller Übereinstimmung mit der damaligen öffentlichen Stimmung - weitreichende Vollmachten erteilt und sich selbst damit wichtiger Kontrollrechte begeben. Aufgeschreckt durch die Folterskandale holen sich Parlament und Justiz ihre Mitbestimmung nach und nach wieder zurück. Im Oktober 2005 hat der Senat an das Verteidigungsbudget die Auflage gekoppelt, bei Verhören Terrorverdächtiger und Gefangener jede »grausame, inhumane oder entwürdigende Behandlung« zu unterlassen. Es sind exakt die Formulierungen der Genfer Konvention, der Senat stimmte mit 90 zu 9 Stimmen dafür; nicht nur die Demokraten, auch die Mehrheit der Republikaner dort stellte sich hinter John McCains Initiative. Mitte Dezember folgte das Abgeordnetenhaus mit demselben Beschluß (308 zu 122). Kurz vor Weihnachten mußte Bush einlenken und dem Folterverbot nach McCain zustimmen.

Der Oberste Gerichtshof hat die Auffassung der Bush-Regierung, wonach Terrorgefangene außerhalb der Vereinigten Staaten keinen Anspruch auf Anhörung vor US-Gerichten haben, zurückgewiesen und inzwischen die Klage eines Guantánamo-Häftlings auf Verhandlung vor einem ordentlichen Gericht angenommen. Es sind US-Medien, die die Verirrungen der Gefangenenpolitik unter Präsident Bush aufklären und anprangern. Über praktisch jeden Skandal, der Europas Medien erregt, konnte man bereits Monate zuvor in amerikanischen Zeitungen lesen. Spät, aber endlich doch greifen die »checks and balances« der amerikanischen Demokratie.

Manche Grenzen werden freilich in den USA wohl auch noch in näherer Zukunft anders gezogen, als sich das viele Europäer wünschen. Folter an sich gilt zwar nicht als akzeptabel und auch nicht sexuelle Demütigung - solche Mißhandlungen wie im Bagdader Gefängnis Abu Ghraib sind rechtswidrig, die Täter wurden deshalb vor Gericht gestellt und verurteilt. Aber in Extremfällen wird die Anwendung von »Folter light« akzeptiert, auch von Amerikanern, die im Prinzip für ein Folterverbot und die Einhaltung der Genfer Konvention sind.

Das Paradebeispiel: In einer Großstadt tickt eine Zeitbombe - womöglich gar eine Atomwaffe, die Zehntausende, wenn nicht Hunderttausende töten wird. Einen der Hintermänner hat man festnehmen können, er will aber nicht reden. Da wäre es doch nur richtig, ihm Gewalt anzutun, damit er die Information preisgibt, die die vielen Unschuldigen rettet. Dies ist kein theoretisches Extrembeispiel. Bomben in Großstädten sind genau das Al-Qaida-Szenario, siehe Madrid und London. Ist das Prinzip »Keine Folter, unter keinen Umständen« erst einmal aufgeweicht, ist schwer zu sagen, wo man wieder festen Halt findet.

Die Argumentation mit dem unmittelbaren Notstand (»tickende Bombe«) hat die US-Regierung längst auf Verhöre von Topterroristen übertragen, mit deren Wissen sich - angeblich - geplante Anschläge verhindern lassen. Auch Foltergegner wie Senator McCain sagen: Wenn die Situation da ist, »dann tun sie eben, was sie tun müssen«. Wichtig sei, daß sich die Verantwortlichen hinterher für ihr Tun rechtfertigen müssen, im Zweifel vor Gericht.

Auch das Instrument der »rendition«, des Transports Terrorverdächtiger zum Verhör ins Ausland oder gar die Übergabe an Länder, die weniger Skrupel kennen als die westlichen Demokratien, wird weiterhin von einer klaren Mehrheit toleriert. Zumindest im Fall von Topterroristen sei es nicht nur zulässig, sondern geboten, solche Massenmörder für immer wegzusperren und ihnen jede Kommunikationsmöglichkeit zu nehmen, um sie an weiteren Untaten zu hindern. Also: Geheimgefängnisse ja, Geheimtransporte ja, keine Information über Aufenthaltsorte.

Das wird zum Alptraum, wenn Unschuldige irrtümlich in diese Mühle geraten, zum Beispiel im Fall des deutschen Staatsbürgers Khaled el-Masri: kein Anwalt, kein Gericht, keine unabhängige Überprüfung. Das System kontrolliert sich bestenfalls selbst. In el-Masris Fall mit Erfolg: Er kam nach fünf Monaten wieder frei und klagt jetzt vor US-Gerichten auf Entschädigung. Wie viele andere Unschuldige haben solches Glück?

Wer kontrolliert die Supermacht? Eine ideale, neutrale Instanz dafür gibt es nicht. Im Zweifel haben nur diejenigen Einfluß, die sich in irgendeiner Weise mit Amerika verbünden. Nur Mittun schafft Mitsprache – ein untauglicher Mechanismus für alle, die die US-Regierung in die Schranken weisen wollen, ohne sich mitschuldig machen zu müssen. Andererseits erleben die USA im Irak, was es bedeutet, wenn sie die alleinige Kontrolle aus der Hand geben: Die Maßstäbe werden nicht unbedingt strenger, wie die Europäer hoffen, eher ist das Gegenteil der Fall. Wäre es nach den Irakern gegangen, hätte Saddam Hussein wohl kaum ein rechtsstaatliches Verfahren bekommen.

Siegerjustiz nach westlichem Diktat? Der Vorwurf ist falsch; aber selbst wenn er zuträfe, müßte man sagen: Immer noch besser als Lynchjustiz. Denn wo hat es das in der arabischen Welt bisher gegeben, daß ein Diktator für alle seine Untaten zur Rechenschaft gezogen wurde – von den unschuldig Eingekerkerten und Massakrierten über die Giftgasangriffe auf das eigene Volk bis zum Überfall auf den Iran und Kuwait?

Auch die neue irakische Verfassung könnte besser sein. Aber wie sähe sie denn aus ohne den Einfluß der USA? Es waren die Amerikaner, die für den Zusammenhalt des Staates, für einen gerechten Ausgleich zwischen den drei Hauptgruppen – Schiiten, Kurden und Sunniten – eintraten, für Frauen- und Minderheitenrechte. Phasenweise waren die Amerikaner die einzigen, die solche Ziele hochhielten, gegen die Mehrheit der Iraker.

Nicht anders bei der Bekämpfung der Aufständischen. Schon lange klagen schiitische Militärs, die amerikanischen Truppen nähmen zu viele Rücksichten: auf die Zivilbevölkerung, auf den Schutz der Städte. Dürfte man vorgehen, wie man es für richtig halte, wäre man schon viel weiter. Man mag sich kaum ausmalen, wie wohl mit dem Widerstand umgegangen würde – und mit den Dörfern und Städten, wo er angeblich Unterstützung findet –, wenn solche Iraker ihren Willen bekommen. Oder wenn die Amerikaner eines Tages abziehen.

In der berechtigten und anhaltenden Empörung über den Folterskandal im Gefängnis Abu Ghraib 2004, bei dem US-Soldaten die Täter waren, geht unter, daß Amerika bei den jüngeren Mißhandlungen in irakischen Gefängnissen eine ganz andere Rolle spielte: US-Truppen machten die Verhörmethoden in den Kerkern des Innenministeriums der neuen irakischen Regierung publik, erzwangen Aufklärung und eine Korrektur der Praktiken.

Saddam-Prozeß, Verfassung, Kampf gegen den Widerstand, neue Folterskandale: In all diesen Fällen ist Amerika der einzige Rückhalt gegen schlimmere

Praktiken. Es ist, um es mit dem Kernkriterium des amerikanischen Pragmatismus auszudrücken, weit mehr Teil der Lösung als Teil des Problems.

So eindeutig läßt sich das über die Wirkung der amerikanischen Truppenpräsenz im Irak nicht mehr sagen. Ihre schiere Anwesenheit ist zu einer Triebkraft geworden, die den Widerstand befeuert und ihm neue Freiwillige beschert. Man kann mit guten Gründen die Frage stellen, welcher Effekt heute summa summarum der größere ist: die Eindämmung des Widerstands dank der militärischen Bekämpfung durch die US-Truppen oder seine politische Stärkung durch die amerikanische Präsenz?

Zweifellos werden die US-Truppen noch im Irak gebraucht. Nach allen militärischen Analysen sind die neuen irakischen Streitkräfte und Polizeieinheiten, die seit Monaten ausgebildet werden – übrigens auch mit deutscher Hilfe –, noch nicht in der Lage, die ohnehin prekäre Sicherheit aufrechtzuerhalten und den Widerstand effektiv zu bekämpfen. Zwar beschränken sich die fundamentalen Sicherheitsprobleme auf maximal ein Drittel des Landes. In zwei Dritteln ist ein relativ normaler Alltag möglich, vor allem in den Schiiten- und den Kurdengebieten. Doch würden die Amerikaner ihre Soldaten zu früh abziehen, wären die möglichen Konsequenzen fatal. Die neue irakische Regierung wäre wohl nicht in der Lage, ein staatliches Gewaltmonopol durchzusetzen. Die regionalen Milizen, Religionstruppen oder Parteien wären die wahren Träger der Macht.

Ebenso unübersehbar mischen sich jedoch die Argumente für und gegen die US-Präsenz mit dem Ablauf der Zeit neu. Amerikas Soldaten sind nicht per se ein stabilisierender Faktor im Irak. Präsident Bush hatte sie als Vorboten einer besseren Zeit dorthin geschickt. Jetzt werden sie allenfalls noch als das kleinere Übel wahrgenommen – eine ernüchternde, eine bittere Wende. Auch die Kriegsgegner in Deutschland, in Europa müssen neu nachdenken. In einer emotionalen Reaktion nach der Intervention forderten sie von den USA ein möglichst nahes Datum für den Abzug, für die Übergabe der Macht an die Uno oder die Iraker. Heute, da der Irak den Amerikanern selbst zur Last geworden ist, liegt es im deutschen und im europäischen Interesse, die Regierung Bush im Zweifel an die von ihr übernommene Verantwortung zu erinnern: Auch wenn der Blutzoll hoch ist, darf sie die Truppen nicht abziehen, ehe die irakische Administration aus eigenen Kräften ein Mindestmaß an Stabilität und Sicherheit gewährleisten kann.

Vom strahlenden Sieg ist auch im Weißen Haus kaum noch die Rede. An das erhoffte Szenario mag der Präsident nicht mehr erinnert werden: Jubelnde Iraker, die die GIs mit Blumen und Fähnchen begrüßen, und nach einer Übergangszeit dann Demokratie, Rechtsstaat und ökonomische Blüte – so wie in Europa nach dem Zweiten Weltkrieg nun auch in der arabischen Welt mit dem Irak als Vorbild für die Nachbarstaaten. In einer Rede Mitte Dezember gab Bush bescheidenere Ziele aus. »Der Sieg ist erreicht, wenn wir klar umrissene Ziele erfüllt haben: Wenn die Terroristen und Saddamisten keine Bedrohung für die Demokratie des Irak mehr bilden, wenn irakische Sicherheitskräfte ihre eigenen Bürger schützen können und wenn der Irak kein Rückzugsgebiet mehr ist für Terroristen, die Angriffe auf Amerika planen.«

Das ist sehr weit entfernt von den Debatten, die Amerika und die Europa zu Beginn des Irakkriegs bewegten. Diese drehten sich im wesentlichen um eine Hoffnung, die zugleich Anlaß zur Furcht war. Die Hoffnung: Wenn diese Intervention zu einem Erfolg wird, wenn der gewaltsame Regimewechsel gelingt und der Irak von einer brutalen Diktatur zu einer relativ freien Gesellschaft würde, dann wäre das große Wort von der neuen Weltordnung kein leeres mehr. Dann würden wohl auch andere mörderische Regime über kurz oder lang fallen.

Und die Furcht: Wenn die USA mit all ihrer militärischen Potenz so einfach ein Regime stürzen können, auch ohne Legitimation durch die Vereinten Nationen und ohne die Zustimmung enger Verbündeter, wer kontrolliert dann überhaupt noch diese Supermacht? Wer zieht ihr Grenzen, auf welche »checks and balances« kann man dann noch setzen?

Das war Theorie, wie sich herausstellt. Auch hier ist die Wirklichkeit grau. Den strahlenden Sieg wird George W. Bush nicht erringen. Eine schmachvolle Niederlage aber muß es auch nicht werden. Zum Glück ist es bei allen Schwierigkeiten, den Widerstand zu brechen, doch eher unwahrscheinlich, daß am Ende Bilder einer Flucht stehen, die zeigen, wie der letzte Militärhubschrauber vom Dach der US-Botschaft in Bagdad abhebt …

Es gibt Kriege, die enden weder so glorios wie der Zweite Weltkrieg mit der bedingungslosen Kapitulation des Nazireichs und der Befreiung Westeuropas, das daraufhin erblüht in Demokratie, Rechtsstaatlichkeit und Wirtschaftswachstum. Noch bedeuten sie umgekehrt die Kapitulation der Interventionskräfte wie in Vietnam für die Amerikaner oder in Afghanistan für die Sowjets.

Der Irak ist wohl eher ein Fall, der mit einem Teilerfolg endet, aber damit zugleich mit einem teilweisen Mißerfolg. Der Koreakrieg war so ein Beispiel: Der Vormarsch der Kommunisten wurde gestoppt, es gelang zwar nicht, Nordkorea zu befreien, aber Südkorea wurde eben auch nicht preisgegeben. Und wenn man sich anschaut, was aus Südkorea geworden ist, darf man das einen Erfolg nennen und ein Glück für die Südkoreaner. Blickt man auf Nordkorea, werden die Kosten offensichtlich: ein mörderisches Regime, das sich nur begrenzt kontrollieren und eindämmen läßt, lebensgefährlich für seine Bürger wie für seine Nachbarn.

Der Irak wird sich bestenfalls stabilisieren. Und schlimmstenfalls noch viele Jahre der Gewalt, vielleicht sogar einen Bürger- und Sezessionskrieg erleben. Saddams Sturz ist so oder so ein Gewinn. Raketenprogramme, die Israel bedrohten, sind gestoppt. Nachbarn wie Syrien und der Iran, die zuvor relativ unverblümt Terrorgruppen wie Hamas oder Islamischer Dschihad unterstützten, sind vorsichtiger geworden. Wenn es gutgeht, wird die irakische Demokratie weit mehr Freiheit als unter Saddam bedeuten, aber nicht westliche Maßstäbe erfüllen. Mehr Terraingewinn ist nicht realistisch. So viel grau wird man ertragen müssen.

Zeugnis vom Untergang

Über Michael Wiecks Königsberg-Buch

Von Jürgen Manthey

Wieder einmal stehen Gestapoleute ohne Voranmeldung während des Unterrichts im Klassenraum der einzigen verbliebenen jüdischen Privatschule Königsbergs, unmittelbar neben den Trümmern der erst niedergebrannten und dann gesprengten Synagoge. Fräulein Wolff, der Lehrerin, wird vorgehalten, daß es Juden seit dem 15. Februar 1942 verboten ist, Haustiere zu halten, aber noch immer nicht alle Angehörigen der jüdischen Minderheit ihre Tiere abgeliefert hätten. (Darüber war man bei der Gestapo dank der Denunziation von Nachbarn genauestens informiert.) Alle in der Klasse wissen sofort, was das heißt, sind die Schüler doch schon wiederholt losgeschickt worden, um anhand entsprechender Listen mit den Adressen jüdischer Bewohner Pelze, Wollsachen, elektrische Geräte und sogar Skier einzusammeln.

Diesmal muß der zwölfjährige Michael Wieck den Kinderarzt Dr. Klein, den er kennt, der ihn und seine Schwester Miriam von klein auf behandelt hat, aufsuchen und sich dessen Kanarienvogel samt Käfig aushändigen lassen. An der angegebenen Sammelstelle am Eingang des Zoos kann er noch mitansehen, wie der Mann, dem er den Vogelbauer übergibt, diesen öffnet und seinen Insassen fliegen läßt. »Nach solchen Aktionen war dann wieder Deutschunterricht, als wäre nichts gewesen, und wir mußten lange Aufsätze schreiben, zum Beispiel über das Goethe-Zitat ›Selig, wer sich vor der Welt / Ohne Haß verschließt, / Einen Freund am Busen hält / Und mit dem genießt‹«.

In seinem *Zeugnis vom Untergang Königsbergs* stellt Michael Wieck sich nachträglich die Frage, »ob die großen Klassiker die richtige Lektüre für junge Menschen waren, die sehr bald lieber gewußt hätten, welche Pflanzen und Pilze man essen kann und was nahrhafter ist, Getreidekörner oder halbverweste Tierkadaver«.[1]

Der Dreizehnjährige verläßt die Schule, kurz bevor diese geschlossen wird – weil jüdische Kinder nicht mehr »beschult« werden dürfen –, und findet vorübergehend in einer Tischlerei Arbeit. Hier absolviert er ein lebensnäheres Lernpensum. Jedesmal, wenn ein Auftrag vorliegt, in einem Privathaushalt Regale einzubauen oder Fensterrahmen zu erneuern, macht der Meister sich selbst auf den Weg und nimmt den Jungen mit. Während jener den Hausherrn durch ein Gespräch ablenkt, hat sein jugendlicher Begleiter die Aufgabe, von den Vorräten in der Speisekammer soviel wie möglich in einer eigens dazu mitgebrachten Aktentasche zu verstauen. »Mit Sicherheit wäre ich der Dumme gewesen, wenn jemals etwas herausgekommen wäre, aber es ging immer gut. Ich konnte nicht wissen, daß das bereits eine sehr wichtige Überlebensschulung war. Ohne zu klauen, wären wir in der russischen Gefangenschaft verhungert.«

Es gibt andere Berichte vom Untergang Königsbergs – nicht viele –, prominentestes Beispiel sind die bis heute immer wieder aufgelegten Erinnerungen des Arztes Graf Hans von Lehndorff. Sie alle setzen den Anfang vom Ende mit der Einkreisung und schließlich der Einnahme der Stadt durch die Rote Armee (am 9. April 1945) an, frühestens mit den beiden großen Luftangriffen Ende August 1944, bei denen die gesamte Innenstadt mit ihren zahlreichen historischen Gebäuden, darunter Schloß und Dom, vollständig zerstört wurde.

Michael Wieck bezeugt mit seinem Buch von Seite zu Seite, was er am eigenen Leib von Tag zu Tag erlebt hat: daß von der für ihre Tradition kritischen Denkens und toleranten Handelns berühmten Stadt Kants, einmal Zentrum der Aufklärung in Deutschland, schon seit 1933 nichts mehr übrig war. Der 1928 Geborene, Sohn einer jüdischen Mutter und eines christlichen (nach damaliger Lesart: arischen) Vaters, hat als sogenannter Geltungsjude ein bis Kriegsende gestundetes Leben – dann sollte dies auch für Nachkommen aus »Mischehen« verwirkt sein – bei endlosen Demütigungen, sich ständig verschärfenden Strafandrohungen und zunehmender Todesgefahr in seiner Geburtsstadt zugebracht, die er erst 1948 verlassen konnte.

Die Eltern waren beide bedeutende und erfolgreiche Musikinterpreten, Mitglieder – sie als Bratschistin, er als Geiger – des weit über die Stadt hinaus bekannten Königsberger Streichquartetts, von dem seinerzeit unter anderem Werke von Hindemith und Schönberg erstauf-

[1] Michael Wieck, *Zeugnis vom Untergang Königsbergs. Ein »Geltungsjude« berichtet*. München: Beck 2005.

geführt wurden; ab 1933 durften sie ihren Beruf nicht mehr ausüben.

Es war in Königsberg seit jeher weitgehend üblich gewesen, daß die Kinder aus jüdischen Familien in deutsche Schulen gingen. Man muß nur einmal bei Fanny Lewald nachlesen, dieser von Heine um ihren Mut beneideten und von Gottfried Keller als »femme spirituelle« bewunderten Schriftstellerin, Tochter eines jüdischen Weinhändlers in Königsberg, welch beglückendes Erlebnis für sie Anfang des 19. Jahrhunderts der Besuch einer Königsberger Schule gewesen war, wie dankbar sie noch im hohen Alter ihres Lehrers gedachte – um dann danebenzuhalten, wie eine von ihrer Hitler-Besessenheit um jeden Rest von menschlichem Anstand gebrachte Lehrerin den Erstkläßler Wieck dreimal eine lange Treppe zu sich heraufkommandiert, bis sie sich, auf ihn herabblickend, mit dem ihm eingebleuten »Heil Hitler, Frau Koske«, bei hochgerecktem rechten Arm, endlich zufriedengibt.

Da erscheint der Wechsel zur jüdischen Schule zunächst als Rettung. Dazu muß man wissen, daß diese Stadt für Juden einmal ein ganz besonderer Ort war. Das »spezifisch urbane Ambiente«, schreibt Stefanie Schüler-Springorum, »schuf die Voraussetzung für die vergleichsweise frühe und weitgehende Integration der jüdischen Minderheit in das Königsberger Bürger- und Kleinbürgertum.« Die Autorin der maßgeblichen Dokumentation zur Lage der Juden in der alten Hauptstadt Preußens seit 1871 führt diese für deutsche Verhältnisse nahezu einmalige Kohabitation auf das »liberale gesellschaftliche Klima der Stadt« zurück. Auch belegt für sie »das Königsberger Beispiel eindrucksvoll die Akkulturationsbedürfnisse einer Minderheit, die nicht nur mit, sondern auch wie ihre Nachbarn leben wollte – und, solange dies nicht von außen an sie herangetragen wurde, es dabei nicht als Widerspruch empfand, gleichzeitig auch ein wenig anders zu sein«.[2]

Von Hannah Arendt ist die Äußerung bei einem Deutschlandbesuch im Jahr 1964 überliefert: »In meiner Art zu denken und zu urteilen, komme ich immer noch aus Königsberg.« Hier hatte Ende des 18. Jahrhunderts der Begründer einer jüdischen Aufklärungsbewegung, Isaak Euchel, gewirkt. Mit der von ihm herausgegebenen hebräischen Zeitschrift *Ha Me'assef* versuchte er die Ideen seines Lehrers Kant in den jüdischen Gemeinden auch außerhalb Königsbergs zu verbreiten. Nicht überall mit dem von ihm gewünschten Erfolg, wie seine Komödie *Reb Henoch, oder: Woß tut me damit* zeigt. In diesem einzigartigen Beispiel einer weltlichen jüdischen Literatur zu einem so frühen Zeitpunkt gibt es eine Szene, in der einmal von einem Kantianer die Rede ist – und Kant wird für den Namen eines Ortes gehalten, worauf das Rätselraten einsetzt, wo dieser Ort wohl liege: Der berühmteste Philosoph des Zeitalters ist im orthodox-jüdischen Milieu völlig unbekannt. Kant wünschte sich Euchel auf einem Lehrstuhl für orientalische Sprachen, und er hatte der Fakultät auch schon eine entsprechende Empfehlung zugeleitet. Doch dann mußte er während seines Rektorats Euchel mitteilen und erklären, warum die Universitätsstatuten die Berufung eines Juden nicht zuließen.

Juden haben von dem liberalen Klima der Stadt nicht nur profitiert, sie haben selbst vieles dazu beigetragen, als Mäzene bei der Finanzierung bedeutender sozialer und kultureller Einrichtungen nach innen, als Politiker, wenn sich ihr Wirkungskreis über Königsberg hinaus erstreckte, nach außen. Eduard (von) Simson, Sohn eines jüdischen Kaufmanns, war zunächst einer der großen Rechtslehrer an der Universität seiner Geburtsstadt, bis er, nacheinander, Präsident des Frankfurter Paulskirchenpar-

[2] Stefanie Schüler-Springorum, *Die jüdische Minderheit in Königsberg/Preußen 1871-1945*. Göttingen: Vandenhoeck & Ruprecht 1996.

laments, des Preußischen Landtags und, ab 1871, des Reichstags wurde. Seine politische Laufbahn beschloß er als Präsident des Reichsgerichts, bekannt für seine liberale Rechtsauffassung. Simson war es auch, der 1849 dem preußischen König im Namen der gewählten Nationalversammlung die Kaiserkrone antrug und abgewiesen wurde. Um so beharrlicher wird er danach für eine von der Volksvertretung zu verabschiedende Verfassung eintreten.

Kopf der Demokratiebewegung in Deutschland zur gleichen Zeit ist der Königsberger Arzt Johann Jacoby, bestgehaßt von demselben König Friedrich Wilhelm IV., der ihn aufs Schafott wünschte (was an den Gerichten scheiterte) und sich mit einem antisemitischen Haßvokabular über Jacoby ausließ, das dem der Nazis ebenbürtig war. Jacoby war einer der ersten Königsberger Sozialdemokraten, aus denen auch der Vorsitzende der Partei auf Reichsebene, Hugo Haase, hervorging: ein jüdischer Rechtsanwalt, nach 1915 Vorsitzender der USPD, deren Sitz er nach Königsberg verlegte.

Noch in der Weimarer Republik kam der höchste Beamte der Provinz, Ernst Siehr, Oberpräsident von Ostpreußen ab 1920 bis zu seiner Entlassung 1932, aus einer jüdischen Königsberger Familie. Bis ganz zuletzt gingen Vertreter des Magistrats demonstrativ zu Beerdigungen bekannter jüdischer Bürger. Hans Brand, sozialdemokratischer Polizeipräsident bis zu seiner Absetzung 1932, trat noch kurz davor mit einer Denkschrift dem von den Nazis geschürten Antisemitismus entgegen.

Wie hilflos wirken bis heute Versuche, den Abgrund, in dem *dieses* Königsberg 1933 versank, mit Erklärungen ausmessen zu wollen. Gewiß, da gab es den berüchtigt-brutalen Gauleiter Erich Koch sowie die allgegenwärtige antijüdische Hetze auf Litfaßsäulen, im Radio, in Zeitungen und sich wissenschaftlich verstehenden Veröffentlichungen namhafter Autoren. Wieck zitiert den späteren Nobelpreisträger Konrad Lorenz, von 1940 bis 1945 auf dem Lehrstuhl Kants in Königsberg: »so müßte die Rassenpflege dennoch auf eine noch schärfere Ausmerzung Minderwertiger bedacht sein, als es heute ist«.

Historiker verweisen auf die Folgen des Versailler Vertrags, durch den Ostpreußen vom übrigen Deutschland abgetrennt worden war, ferner auf die Wirtschaftskrise nach 1929, die die Region besonders hart traf. Aber was hatte Versailles oder das Anstehen vor Suppenküchen mit dem Bedürfnis zu tun, ein Kind mit Judenstern vom Gehweg auf die Straße zu jagen, ihm, wie Michael Wieck mehrfach geschehen, ins Gesicht zu spucken oder ihm gar von hinten einen heftigen Schlag auf den Kopf zu versetzen und danach wegzulaufen?

Michael Wieck ist dreizehn Jahre alt, als auch in Königsberg die Deportationen beginnen. Bei einem der ersten Transporte, der die Stadt verläßt, begleitet er seine Lehrerin Rosa Wolff von der Sammelstelle in einer Reithalle zum Nordbahnhof. Er hat das Bedürfnis, in ihrer Nähe zu bleiben und schleppt ihr Gepäck – das nachher, in einen Extrawaggon verladen, gleich auf dem Bahnhof zurückbleibt und von der SS geplündert wird. In dem Durcheinander beim Aufbruch aus der großen Halle hat er seine geliebte Tante Fanny aus den Augen verloren: »Sie mußte im vorderen Drittel der Kolonne gewesen sein, denn wir waren noch gar nicht sehr lange marschiert – rechts und links von vielen Abstand haltenden, mit aufgepflanzten Bajonetten bewaffneten Posten begleitet –, als ich sie plötzlich auf der Bordsteinkante sitzen sah, mit von großer Anstrengung gerötetem Kopf und flehentlichem Blick. Sie konnte schon jetzt nicht mehr weitergehen. Ich wußte nicht, was ich tun sollte, und zögerte viel zu lange. Schon war ich einige Schritte an ihr vorbei, bepackt mit all dem schweren Gepäck, welches meine alte Lehrerin niemals allein hätte weitertragen können. Die Kolonne schob mich voran und erschwerte ein Stehenbleiben. Ganz kurz drehte ich mich noch einmal um, und wieder begegneten sich unsere Augen, traf mich ihr bittender und nun auch vorwurfsvoller Blick – zum letzten Mal, denn ich sah sie niemals wieder.«

Ihn selbst hat ein Posten im letzten Moment noch entkommen lassen. Er hat über das, was da geschehen war, nie sprechen können, nicht einmal mit seinen Eltern. »Dieser Moment wurde zum Trauma, hinterließ zwei zutiefst verletzte Herzen; eine Verletzung, die bei mir – durch das Schuldgefühl zusätzlich verschlimmert – niemals heilen kann.«

Die letzten Kriegsjahre stehen für ihn und die Mutter im Zeichen der Entbehrungen von Zwangsarbeitern in einer chemischen Fabrik, in der auch Munition hergestellt wird. Als diese ganz zum Schluß von einer Bombe getroffen wird, sind nur sie nicht unter den vielen Toten, weil ihr Stadtteil da schon von Russen besetzt ist und sie den Keller ihres Hauses nicht mehr hatten verlassen können.

So unverzeihlich Michael Wieck den denunziatorischen Rassismus eines Konrad Lorenz bis heute findet, so unverantwortlich ist ihm die Handlungsweise des letzten Festungskommandanten General Lasch. »Bei dem sinnlosen Verteidigungskampf in den Tagen nach dem 6. April – also nach Eröffnung des Großangriffs – wurde Königsbergs Zivilbevölkerung rücksichtslos dem Kriegsgeschehen ausgeliefert. Tausende von Menschenleben wären zu retten gewesen, wenn die Kapitulation wenigstens drei Tage früher stattgefunden hätte.« Lasch gab erst auf, als die Russen schon in der Nähe seines Bunkers aufgetaucht waren und er sich ergab, um *sein* Leben zu retten. Wieck ist »überzeugt, daß die Russen für eine rechtzeitige Kapitulation Zugeständnisse gemacht hätten. Sie haben es an anderer Stelle getan.«

Was nun die Zivilbevölkerung erwartet, ist, mit einem Wort, furchtbar. Von den 130000 in der Stadt zurückgebliebenen Bewohnern waren 1948, im Jahr ihrer Ausweisung, nach den Unterlagen, die der Autor benutzt, noch 20000 am Leben. Ihm scheint »auch diese Zahl noch zu hoch gegriffen«. Sieht man von den willkürlichen Tötungen ab, den Vergewaltigungen, der Zerstörung der Häuser, die noch nachträglich angezündet werden, sind die Deutschen sich selbst überlassen. Es gibt keine Lebensmittel-, keine Wasserversorgung, kein Heizmaterial, keine Medikamente; aus Räumen, die noch eine Spur von Bewohnbarkeit aufweisen, werden sie immer wieder vertrieben, sogar verstärkt, sobald der Zuzug aus Rußland zunimmt. Alle persönliche Habe ist ihnen genommen, wer noch Gegenstände versteckt oder unter den Trümmern gefunden hat und sie gegen Eßbares einzutauschen sucht, wird als »Spekulant« hart bestraft.

Man kann es so sagen: Für die Russen ist eine deutsche Bevölkerung offiziell nicht vorhanden. Da man sie aber dennoch überall antrifft, bedient man sich der Frauen als Sex-, der Männer als Arbeitssklaven. Letztere, und nur sie, erhalten täglich 400 Gramm Brot. Wer keinem Arbeitstrupp zugeteilt worden ist, oder dafür zu jung, zu alt, zu krank, zu schwach ist, hat nur eine geringe Chance, zu überleben. »Offensichtlich wollten die Russen, daß wir alle verhungern, umkommen und verschwinden.« Seit 1946 ist das nördliche Ostpreußen russisches Staatsgebiet, im Unterschied zur Ostzone, der späteren DDR, und der sowjetischen Besatzungspolitik dort.

Daß Wieck und seine Mutter gerade erst die Drangsalierungen der Nazis überstanden haben und in einem erbärmlichen körperlichen Zustand sind, interessiert die Russen nicht. Im Gegenteil. Als sie sich einem deutschsprechenden jüdischen Offizier anvertrauen, ignoriert er ihre sie als Juden ausweisenden Kennkarten mit den Worten: »Wir wissen, daß alle Juden von Hitler umgebracht wurden. Wenn Sie trotzdem am Leben sind, müssen Sie für die Nazis gearbeitet haben.« Frühere Nachbarn müssen für sie gutsagen.

Wieck und seine Eltern überleben nur, weil der 1945 gerade einmal Sechzehnjährige ständig unter Lebensgefahr auf Diebestour geht. Er hat sich einen Dietrich zurechtgebogen und verschafft sich so Zugang zu Wohnungen russischer Offiziere. »Zu finden war nie besonders viel. Ein Stück Brot, ein Pfund Mehl, Hirse oder Graupen, eine deutsche Uhr oder ähnliches mehr. Doch diese Beute bedeutete immer, für einen oder mehrere Tage Essen zu haben. Ich muß noch erwähnen, daß die bisher geschilderten Zustände sich nicht verbesserten. Sie blieben mit geringfügig sich ändernden Komponenten unsere Lebensbedingungen für fast zwei Jahre. Eigentlich ist das alles unvorstellbar und unbeschreiblich ... Über Jahre hinweg mußte ich auf Raubzüge gehen, oftmals täglich«.

Das führt zu Auseinandersetzungen mit dem Vater, der den Diebstahl der zum Überleben unentbehrlichen Lebensmittel mißbilligt. Er ist dabei immer dicht vor der Selbstaufgabe und flieht in das Studium des Chinesischen. »Seine schön klingenden Weisheiten begann ich zu hassen. Hätte doch wenigstens ein kluger Satz uns lehren können, wie der nächste Tag zu meistern sei; aber dafür brauchten wir keine Weisheit, dafür brauchten wir Schlauheit, und gerade die verachtete mein Vater abgrundtief. So vertrat ich die böse, niedrige Schlauheit und er die erhabene, ehrwürdige Weisheit. Selbstverständlich hatte die niedrige Schlauheit für die hohe Weisheit zu sorgen.«

Unausgesprochen steckt hinter der Weigerung des Vaters, im Kampf ums Überleben eine aktive Stütze zu sein, daß er seinen Teil fast als alleiniger Ernährer der Familie in der Nazizeit beigetragen, Ehefrau und Sohn (die Tochter hatte rechtzeitig nach England ausreisen können) vor der Deportation bewahrt hatte. Seine Nichte, die damals sehr bekannte Filmschauspielerin Dorothea Wieck, hatte es sogar über Göring erreicht, daß er im städtischen Orchester seinen Platz wieder einnehmen konnte und ein Gehalt bezog, obwohl er offiziell weiter gekündigt blieb.

Michael Wieck, der in Königsberg so viel Entsetzliches hat mitansehen müssen und die längste Zeit seiner ersten zwanzig Jahre unter Lebensgefahr verbracht hat, ist dennoch ein Sohn dieser Stadt, dank seiner Eltern und jüdischen Lehrer ein letzter Repräsentant der noch an Ort und Stelle vermittelten lokalen Tradition, der man am besten mit dem Hinweis auf die Kantsche Definition einer ersten und auch gleich zweiten Bürgerpflicht beikommt: *Erst selber denken, und dann sich in andere versetzen.*

Zu ersterem: Da bewährt es sich, in diese Schule gegangen zu sein, im vorliegenden Fall in einem besonders empfindlichen Bereich, der Religion (die Kant gern ganz »innerhalb der Grenzen der bloßen Vernunft« beheimatet gesehen hätte). Wieck über seine als Jugendlicher selbständig getroffene Entscheidung für das jüdische Bekenntnis – und seine Einschränkungen: »Damals bezog ich Treue zum Judentum auf das Einhalten der vielen Gebote, mit denen ich nie so recht etwas anfangen konnte.« Der Grund: »Auch abgesehen von den Speisegesetzen, fehlten vielen Geboten die logischen Begründungen, und unlogisch zu handeln, nur weil Moses vor einigen tausend Jahren bestimmte Verhaltensweisen verlangt hat, fiel mir ausgesprochen schwer.« Heute erst recht kann er nicht einsehen, ja, er findet es bedenklich, »daß angesichts einer drohenden Massenvernichtung Gedanken und Sorgen um die rechte Erfüllung biblischer Gebote kreisten. Zukunftssicherung durch Nichtbenutzung von Straßenbahnen am Schabbat; passive Ergebenheit in jedes Schicksal als Gottesdienst.«

Die andere Voraussetzung für den mündigen Bürger Kants macht es dem Autor möglich zu schreiben: »Jeder Russe trug in seinem Herzen den Schmerz über Millionen gefallener Kameraden, verhungerter Zivilisten und über ermordete Verwandte oder Bekannte. Muß man da nicht die mit letzter Anstrengung sich aufraffenden Gepeinigten verstehen, wenn sie im Rausch der endlich Obsiegenden alle Hemmungen verloren?« Da wird immerhin ein Motiv berücksichtigt. Er wolle nichts entschuldigen, sagt der Autor, nur nachvollziehen, *sich in andere versetzen!*

Das hilft auf dem Weg zum »Systemvergleich«, der sich bei diesem Buch ja aufdrängt, ein Stück weiter. Es ist ein Unterschied, ob aus den eben genannten Gründen der andere als Mitmensch ignoriert wird, mit der unter den Umständen durchaus gegebenen Gefahr für Gesundheit und Leben; oder ob dieser andere als Untermensch zu einem lebensunwerten Geschöpf erklärt wird, als Jude gar gleich zum Todeskandidaten, der nur noch die Frist bis zur Vollstreckung des Urteils vor sich hat.

Gegen Ende der drei Jahre unter sowjetischer Herrschaft ist Michael Wieck auf dem Tauschweg endlich wieder in den Besitz einer Geige gelangt, einer viel schlechteren als den Geigen, die man ihm und dem Vater weggenommen hatte. Er kann nun gelegentlich als Stehgeiger in einem »Deutschen Club«, in dem aber Russen verkehren, zum Tanz aufspielen. »Eines Tages hörte mich ein Russe Geige spielen. Er klopfte an, kam herein und erzählte, daß er etwas mit dem Konservatorium in Riga zu tun habe. Er könne mir das Angebot machen, mit sowjetischem Staatsstipendium Musik zu studieren. Ich müßte mich aber auf viele Jahre verpflichten und sowjetischer Bürger werden, anders ginge es nicht.«

Ist ein solches Angebot an einen »Fremdarbeiter« in Nazideutschland denkbar, oder gar an einen deutschen Staatsangehörigen, wenn ihm jüdische Vorfahren nachgesagt werden konnten? Michael Wieck lehnt damals ab, er hätte politische Indoktrination und Militärdienst dafür in Kauf nehmen müssen.

Seinen Wunschtraum, das Musikstudium, kann er sich erst nach der Ausweisung in Berlin erfüllen. Er wurde Konzertgeiger, Mitglied des Radio-Symphonieorchesters Stuttgart, zuletzt erster Konzertmeister im Stuttgarter Kammerorchester und ist heute ein begehrter Solist.

Um Deutschland

Die Reisen des Wolfgang Büscher

Von Walter Klier

Lange Jahre schrieb der 1951 in Volksmarsen bei Kassel geborene Wolfgang Büscher Reportagen für verschiedene angesehene Blätter. Dann machte er sich auf, marschierte eine schauerlich lange, öde Strecke und schrieb darüber ein Buch. Es erschien 2003, hieß *Berlin–Moskau* und hatte großen Erfolg, ja es wurde, was das schönste und nützlichste für ein Buch und seinen Verfasser ist, als Literatur gefeiert. Es war also dem Reporter gelungen, aus der außergewöhnlichen Erfahrung, die er gemacht hatte, und seiner erlernten und erprobten Fachsprache, dem Reporterischen, etwas zu mischen, was zugleich unmittelbar als Erlebnisschilderung einleuchtete und darüber hinaus auf etwas Höheres verwies, eben das, was wir »Literatur« nennen, weil uns dafür kein besseres Wort einfällt.

Den Übergang zum Literarischen bewerkstelligte er allerdings schon vorher, mit dem Band *Drei Stunden Null*. Auch hier steht im Zentrum eine Fußreise. Sie führt den Autor 180 Kilometer lang rund um Berlin durch das flache, leere Niemandsland, das die deutsche Hauptstadt nach allen Seiten umgibt, aufgelassene Truppenübungsplätze, kilometerlange Felder, Industriezonen, deprimierende Reihenhaus- und Hochhausagglomerationen, dann und wann eine neue Betriebsansiedlung: »Stunden später erschienen am Horizont vier gelbe Blockbuchstaben. Ein I, ein K, ein E, ein A.«

Der Wanderer wird dort keine Stellage zum Selberzusammenbauen kaufen, sondern sich waschen, essen und trinken und dann durch das klaustrophobische Labyrinth voller schwedischer Holzsachen den Weg in die Leere hinaus nehmen, bevor er wieder auf eines der ausgebluteten Dörfer trifft. »Güterfelde war ein altes, totes Dorf. Die Dorfkirche und der Kirchhof waren seine Verkehrsinsel, und statt einer Kneipe gab es einen Imbiß, den Truckstop. Der Gast konnte wählen zwischen kleinem und großem Truckermahl. Eine Bulette mit Bratkartoffeln oder zwei Buletten mit Bratkartoffeln. Genau gegenüber der alten Feldsteinkirche stand die Zentrale der LPG ›Freier Bauer‹.« Die Kirche ist abgewickelt und die LPG auch. »Der Krieg ist aus, alle haben verloren.«

Den Abend verbringt er in dem Ort Großbeeren; da gibt es eine Kneipe, in der außer ihm sogar noch zwei weitere Leute sitzen, aber meistens, und das gilt für alle drei Reisen, ist er der einzige Gast, egal, ob er irgendwo in Weißrußland, dem letzten realsowjetischen Land, unterwegs ist oder an den deutschen Grenzen, im Erzgebirge oder in der Eifel – auf seiner dritten Reise hat Büscher Deutschland umrundet.[1]

Er muß langsam reisen, damit ihm nichts entgeht. Moderne literarische Reisen haben ja häufig dieses Merkmal des anachronistischen Verkehrsmittels (mit der Bahn durch Amerika) und der konstruierten Reiseroute (zu Fuß quer durch die Antarktis). Büscher ist kein puristischer Geher, es darf zwischendurch schon einmal ein Bus sein oder eine gerade noch nicht eingestellte Lokalbahn, doch die wesentliche, zur Essenz hinführende Art sich fortzubewegen ist die Fußreise. Sie schenkt dem Reisenden genügend Muße, eine sonst kaum zu erlangende Kenntnis der Dimensionen des Bereisten und überhaupt aller Einzelheiten, die sich als wichtig erweisen und von denen man vorher ja noch nicht wissen kann, und natürlich schenkt sie ihm in Hülle und Fülle das, was er zur Würze seiner Geschichte braucht: unerwartete Begegnungen. »Ich erreichte Nowogrudok an einem heißen Mittag, und ein Mann mit Nike-Kappe und US-Army-Hemd sprach mich an. Jeder, der mich bisher angesprochen hatte, hatte nach dem Woher gefragt. Dieser fragte, wohin ich ginge, und als ich es ihm hersagte, Minsk, Borissow, Orscha, Smolensk, Mojaisk und irgendwann Moskau, schlug er mir auf die Schulter: ›Diesen Weg nehmen die Deutschen immer.‹«

So arbeitet der Reisende sich ameisenhaft durch die deprimierend langgestreckte Steppe, die »eurasische Maßlosigkeit«, über ein Schlachtfeld nach dem anderen, sein Unternehmen ein individuelles Echo des großen historischen Irreseins, das immer von neuem Moskau zum Ziel hatte. Und am Abend landet er wieder in einem der Dörfer, wo es sehr fraglich ist, ob er ein Dach über dem Kopf für die Nacht finden wird. Die Menschen zeigen sich wenig geneigt, den abgerissenen Typ, der da zu Fuß von der Landstraße her kommt und in schlechtem Russisch um ein Quartier fragt, bei sich zu beherbergen, obwohl er ihnen Geld dafür anbietet. Manchmal findet sich auch ein Hotel, berückend realsozialistisch in seiner Ungastlichkeit, man müßte ein Museum daraus machen. Was es immer gibt, ist das russische Pendant zum Truckermahl, »Kiewski kotlet« genannt.

Weißrußland ist ein wunderliches Land, es liegt fast unsichtbar und vergessen zwischen den anderen, und dort hat, im Gegensatz zu überall sonst, die Geschichte 1989 ganz einfach haltgemacht. »Irgendwann einmal, als die Zeit noch groß und die Zukunft noch hell war, hatte sich jede Kolchose an der Landstraße

---

1 Wolfgang Büscher, *Drei Stunden Null. Deutsche Abenteuer* (2002); *Berlin–Moskau. Eine Reise zu Fuß* (2003); *Deutschland, eine Reise* (2005), alle erschienen bei Rowohlt.

ein gewaltiges, gezacktes Monument errichtet, es stellte entweder etwas Abstraktes dar oder den Kolchosnamen oder beides ... Wenn das Land etwas im Überfluß hatte, waren es Monumente, die Erinnerung wog nach Tonnen. Oft waren diese viel zu klobigen, viel zu gezackten Propagandawerke das einzige weit und breit, was gepflegt wurde. So überanstrengt stand die Erinnerung in diesem staubflachen, immer wieder in Leeren und Fernen sich verlierenden Land, so überschwer, daß man fürchten mußte, sie werde einfach in seinem weichen, sumpfigen Boden versinken – so heillos hilflos, daß ich plötzlich etwas wie Mitleid mit dem Kommunismus empfand.«

Jeder literarische Reisende reist in den Raum wie in die Zeit. Paul Theroux hat in seinem *Old Patagonian Express* geschildert, wie verschiedene Orte verschiedene Zeiten konservieren; den Deutschen, Denker, der er nun einmal ist, treibt es naturgemäß in tiefere Schichten. Johann Gottfried Seume zog es nicht nur nach Syrakus, sondern in die Antike (während er sich unterwegs mit schikanösen Behörden und dem »bestialischen Makkaronenfraß« herumschlug), Büscher reist auf seinen mühseligen Routen hinter allen sieben Bergen immer und immer wieder in den Zweiten Weltkrieg, und wenn er wie in seinem ersten Buch die Jahre 1968 und 1989 zu zwei weiteren »Stunden Null« stilisiert, so sind sie doch nur als Ausläufer und Spätfolgen des Jahres '45 zu verstehen, so wie bis heute in den Städten immer wieder bei Straßenarbeiten Fliegerbomben aus dem Krieg auftauchen, die mit größter Vorsicht und Mühe entschärft werden müssen. »Zeit ist ein Kunststoff. Verformbar, dehnbar, wie es gerade paßt. Großartige Materialeigenschaften. Kinderleicht zu verarbeiten.«

Wie deutsch-gedankenschwer er sich immer geben mag, so erscheint sein Schreiben doch bemerkenswert frisch und heutig. Es ist ein Schreiben (und vorher ein Beobachten und Bedenken) *nach* den Ideologien. »Alle haben verloren.« Wir, Büscher und ich und alle nach etwa 1950 Geborenen sind die, die eigentlich als erste versuchen können, die Trümmer zusammenzuklauben und uns einen Reim darauf zu machen. Es ist diese erste Generation, die im Kontrast sichtbar macht, wie verbohrt und verhetzt noch ihre unmittelbaren Vorgänger gewesen sind, die auf dem Weg über die germanistischen Seminare das Arbeiter- und Bauernparadies herbeizaubern wollten.

Immer wieder finden sich in den drei Büchern Hinweise auf die jugendliche Geistesverwirrung der Jahre um 1968, der auch er noch erlag. In Freiburg im Breisgau, wo er studiert hat und damals mithalf, den täglich fallenden »weißen Schnee« der Flugblätter zu produzieren, sinnt er in einer Schneenacht länger darüber nach und darüber, wie fremd und unbegreiflich die Akteure von damals sich selber geworden sind. Der Vergleich mit den Kriegsteilnehmern drängt sich auf. »Warum schwiegen und schweigen so viele über die Kriege, aus denen sie kommen – weil sie sich ihrer schämen? Das ist nicht wahr. Sie schweigen, weil kein Mensch wüßte, was das ist, wovon sie nicht reden. Sie wissen es selbst nicht mehr. Sie waren gefangen in einem anderen Gesetz, einer anderen Höhle, und irgendwann sind sie einfach aufgestanden und hinausgegangen.« (In ebenso erhellender wie peinlicher Ausführlichkeit hat Stephan Wackwitz in seinen letzten Büchern *Ein unsichtbares Land* und *Neue Menschen* zu diesem Thema geschrieben.)

Um Deutschland geht es ihm immer, wie auch nicht, um diese vermaledeite Geschichte, die das 20. Jahrhundert über weite Strecken als einziges Desaster erscheinen läßt, das auch die nächsten und übernächsten Länder nicht minder in Mitleidenschaft gezogen hat wie die nächsten und übernächsten Generationen, auf eine perfide, unsichtbare Art. »Ich hatte das Gefühl, jemand setzte sich neben mich, ich sah nicht hin, ich wußte schon, wer. Wie schnell er mich eingeholt hatte, gleich am ersten Abend, und es würde jetzt immer so sein, sein Weg war meiner, und mein Weg war der Weg

Napoleons und der Heeresgruppe Mitte, und der letzte wiederum war seiner gewesen. Ich ging nach Moskau, und der Landser ging mit, um mir ein wenig auf die Nerven zu fallen mit seinen Einflüsterungen von Granattrichtern und Gehenkten. Ich mußte ihn nun fragen, wer er denn sei, und ihn bitten, mehr von seinen Geschichten zu erzählen, die historische Höflichkeit erforderte das.«

Historische Höflichkeit, ein schöner und treffender Ausdruck, Büscher bringt sie nicht nur seinem Landser entgegen, sondern all den ungezählten Lebenden und Toten, denen er auf seinen Wegen nach Osten begegnet. Übrigens kann er beobachten, daß der Osten sich ihm stets entzieht. Wohin er auch kommt, immer ist der Osten weiter östlich, und im postmodernen Inferno von Moskau ist er schließlich ohnehin wieder im Westen gelandet.

Das Verwunderliche sucht der Reisende B. an den Rändern, er pirscht sich durchs Unterholz an, dort wo die Staaten, so eifernd genau sie sich immer zu definieren suchen, ausfransen, undeutlich werden, und dort im Absonderlichen sucht er freilich auch immer das, was ihn umtreibt, stellvertretend für die erwähnten nachideologischen Generationen: das Deutsche. Wo wäre es zu finden, und wie?

Indem man durch den Rhein schwimmt, in einer Kunstpause der endlosen Reihe von Frachtschiffen, indem man im Schneesturm über das Erzgebirge zieht und in der apokalyptischen Prostitutionsszenerie auf der tschechischen Seite landet, dem nach 1945 leergefegten Grenzland, einst mit soviel nationaler Aufwallung beladen, umkämpft und jetzt nur noch eine Waldgegend mit verfallenen Kirchen an der Stelle, wo einst ganze Dörfer standen? Oder auf der Insel Helgoland, die die Engländer nach dem Krieg als Übungsplatz für weitere Kriege benutzten und halb in die Luft sprengten? Oder am nordöstlichsten Zipfel des heutigen Deutschland, auf der Insel Usedom, in einem Dorf mit dem Namen Kamminke? Dort sagt eine Frau, die als Kind den Untergang der Stadt Swinemünde miterlebt hat, einen Satz, den der Autor bis dahin immer für Propaganda gehalten hatte: »›Nie wieder Krieg.‹ Und als ob ich es überhört haben könnte, wiederholte sie: ›Ich sag immer, lieber arm wie 'ne Kirchenmaus, aber nie wieder Krieg.‹ Es war ihr Leben in einem Satz, es war keine Propaganda, nichts Nachgeredetes.«

Selten erfährt man so anschaulich von diesem Schockzustand, aus dem das Nachkriegsdeutschland sich nur mit der allergrößten Mühe zu befreien vermag, erleben wir die praktische Anwendung dessen, wovon Karl Otto Hondrich in seinem Buch *Lehrmeister Krieg* spricht. »Ich sah die Deckchen auf Tisch und Schrank, die niedlichen Bilder, süßer Junge schenkt süßem Mädchen eine Blume, die tickende Stille der Wohnstube, den tiefen Wunsch nach Frieden, und mir schien, daß ich in diesem Moment die neue deutsche Seele verstand. Die danach. Nach dem Meteoriteneinschlag. Das eherne Idyll der Wohnzimmer und Vorgärten, die Rehe und Zwerge und tränenden Clowns der einen. Und die Peace-Runen und Erich-Fromm-Schmöker und die Poster mit den auslaufenden Dalí-Uhren der anderen. Denn die Unterschiede zwischen beiden waren gering. Alle meinten dasselbe. Alles, alles, nur kein Krieg.«

Es ist unausgesprochen auch die Verwunderung, die uns alle umtreibt, darüber, wie sich die »Seele« oder neudeutsch gesagt Identität eines Volkes so fundamental ändern kann, nicht nur die des einzelnen, der nach Jahrzehnten buchstäblich nicht mehr weiß, wie es gewesen, obwohl er dabei war, die Unfähigkeit, die Friedenssüchtigen von heute mit den Kriegssüchtigen von damals zu identifizieren, deren Schuld sie weitertragen, ob sie wollen oder nicht.

Und dann noch Bayern. Bayern ist nicht Deutschland, das weiß jedes Kind, aber man muß in Altötting gewesen sein, um es zu kapieren. »Ich trat ein, und was ich im Kreuzgang sah, verschlug mir den Atem. Eine Frau sprach mit der Jungfrau Maria. Nicht wie man Leute still beten sieht in der Kirche. Sie sprach wirklich mit ihr. Sie schluchzte, weinte, faßte Maria bei den verschränkten Armen, beschwor sie zu helfen, umschlang sie und redete sie an wie einen Menschen aus Fleisch und Blut ... Ein so hemmungslos gläubiges, direktes Angehen Gottes, ein solches Drama zwischen Gott und Mensch hatte ich bisher nur in fernen Ländern erlebt.«

Wie sehr den Weitgereisten, den Weltläufigen das Nahe überraschen kann, eben das eigene Land, davon handelt *Deutschland, eine Reise* auf das eindringlichste. Im Sinne der postideologischen Anschauungsweise, von der die Rede war, versucht sich hier einer an einem Neuanfang in Patriotismus, eines Patriotismus, der ohne Hysterie, Selbstüber- und Fremdunterschätzung auskommt, eher also von der englischen Art. Das Bild, das er alles in allem von seinem eigenen Land zeichnet, fällt denn auch nüchtern, ja ernüchtert und ernüchternd aus.

Gänzlich unnüchtern hingegen, und das haben die Zitate schon gezeigt, ist die Art und Weise, wie Büscher schreibt. Das Reporterische, dessen er sich bedient und das er zur Kunstsprache ausgebaut hat, diese Sprache kennt jeder: Dort darf es keinen Satz, vor allem keinen ersten Satz geben, der nicht wie eine Bombe einschlägt. Es ist also klar, daß es sich um eine ziemlich riskante Sprachform handelt, so wie in der Malerei die dick und unvermischt aufgetragenen Farben der Expressionisten das Risiko des Scheiterns plakativ vor sich her- und mit sich herumtragen. Aber wenn es ihn auch dann und wann aus der Kurve trägt, so überwiegt der Gewinn doch bei weitem, was man besonders dann merkt, wenn man das Beschriebene zufällig selber kennt, seien es Altötting, Luckenwalde oder aber das Radio der Kinderzeit.

»Es war ein einäugiges Ding aus dunkel lackiertem Holz, Messing und Chrom und zeigte eine stattliche Reihe elfenbeinfarbener Zähne, die dem noch biegsamen Zeigefinger erheblichen Widerstand leisteten, bevor sie mit einem Knall nachgaben, einer kleinen Explosion. Bevor der Ton kam, schnurrte er wie eine Katze und sah einen auch so an; ich saß davor und beobachtete die grüne Pupille, wie sie schlitzeng wurde oder sich weitete, je nachdem, ob der Sucher einen Sender fand oder sich durch das pfeifende, rauschende Chaos zwischen Beromünster und Königgrätz quälte. Wenn ich dem Gehäuse die Hand auflegte, vibrierte der warme Stoff von den Stimmen, die darin hausten.«

Warum die Bild-*Zeitung die einflußreichste moralische Instanz in Deutschland geworden ist. Warum die Türkei (nicht) Mitglied der Europäischen Union werden sollte. Warum in Wissenschaft und Wirtschaft in Deutschland langfristig (nicht) Englisch statt Deutsch gesprochen werden sollte. Warum kulturelle Einrichtungen in Deutschland – Theater, Opern, Museen – in Zukunft (nicht) geringer subventioniert werden sollten: Das waren die Themen unseres Essaywettbewerbs »Unter 28«. Es gab 37 Einsendungen, die acht besten veröffentlichen wir hier.*

Der Moralschmarotzer

Von Henning Lahmann

Wir sind Papst – mitten im allgemeinen deutschen Taumel anläßlich der Wahl Kardinal Ratzingers zum Oberhaupt der katholischen Christenheit überraschte die größte Boulevardzeitung des Landes mit diesem Selbstbekenntnis, das zunächst einmal nur wenig mit dem freundlichen älteren Geistlichen zu tun hatte, dessen Konterfei den Rest der Titelseite dominierte.

Diese Deutung der Schlagzeile vom 20. April 2005 mag befremdlich anmuten. Sie könnte sich jedoch aufdrängen, wenn man einmal eingehender die Rolle der *Bild*-Zeitung innerhalb der deutschen Medienlandschaft betrachtet. »Was heute in *Bild* steht, steht morgen überall« – kein anderes Blatt versteht es besser, in Politik und Gesellschaft die Deutungsmacht an sich zu reißen. Das Urteil dieser Redaktion kann öffentlich wahrgenommene Existenzen erschaffen und zerstören. Wie ist dies angesichts der Medienvielfalt einer offenen Gesellschaft möglich? Wie konnte das Flaggschiff des Springer-Verlags zur einflußreichsten moralischen Instanz in Deutschland werden?

Die Position der moralischen Instanz – verstanden als Stelle, die für die Entscheidung über all diejenigen ethischen Normen zuständig ist, welche von der Gesellschaft als verbindlich akzeptiert werden – wurde im christlichen Abendland über Jahrhunderte ganz selbstverständlich von der Kirche besetzt. Von Rom aus wurde die Welt autoritativ in gut und böse geteilt, die durch die Kurie vermittelte göttliche Offenbarung war die Richtschnur sittlichen Handelns. Mit dem Einsetzen der Reformation allerdings ging dieses Interpretationsmonopol verloren. Die europäische Aufklärung machte sich in der Folge daran, die Lehre von der Moral zu säkularisieren. Ihr optimistisches Bild vom Menschen ließ die Aufklärer autonome Ethiken entwickeln. Das Individuum, so ihre Prämisse, sei selbst in der Lage, moralisch zu urteilen.

Während der Earl of Shaftesbury diese Fähigkeit in den Empfindungen der Seele verortete, also einen dem Menschen natürlich innewohnenden *moral sense* ausgemacht zu haben glaubte, wurde Immanuel Kants Gemüt mit Bewunderung über das aus der reinen praktischen Vernunft hergeleitete moralische Gesetz in sich selbst erfüllt. In jedem Fall schien die Zeit gekommen zu sein, die Verantwortung für das Richtige von Gott auf den selbstbestimmten einzelnen zu übertragen.

Die optimistischen Ideen der Aufklärer hinsichtlich der sittlichen Entwicklung des Menschengeschlechts aber haben sich nur mühsam und unter beträchtlichen Verlusten während der ersten Hälfte des 20. Jahrhunderts in die Gegenwart retten können. Spätestens in unserer »Epoche der globalen Komplexitätsmultiplikation« (Thomas E. Schmidt) scheinen sie wieder abhanden gekommen zu sein, ohne daß die entstandene Leerstelle erneut von den Kirchen besetzt worden wäre – jedenfalls nicht in Deutschland, allen gegenteiligen Hoffnungen oder Befürchtungen der letzten Zeit zum Trotz.

Die meisten Menschen fühlen sich heute nicht imstande, außerhalb ihres unmittelbaren persönlichen Umfeldes autonom moralische Urteile abzugeben. In gesamtgesellschaftlichen, erst recht globalen Kontexten ist als Rudiment des *moral sense* nur das diffuse Gefühl verblieben, ungerecht behandelt zu werden beziehungsweise zu kurz zu kommen: Jobverlagerung in Billiglohnländer, »Heuschreckenschwärme« des Finanzkapitals, Hartz IV – der deutsche Bürger ahnt, daß er im verschärften Wettbewerb, dem weltweiten Spiel der Waren- und Geldströme, zu den Verlierern gehören könnte.

Die nationale Kuscheligkeit, in der er es sich jahrzehntelang gemütlich gemacht hatte, gehört der Vergangenheit an. Er fühlt sich als Opfer der entfesselten Ökonomie der Globalisierung. Und wo es Opfer gibt, da müssen auch Täter zu finden sein. Er kann sie jedoch nicht greifen. Aus dieser Überforderung erwächst im Menschen das Bedürfnis nach einem Erklärungsmodell, das den Schuldigen benennt. Denn solch eine Reduktion der Komplexität bedeutet die Entlastung des Individuums. Als radikale Vereinfacher bieten sich im wesentlichen zwei Modelle an.

Das erste ist das Modell der Verschwörungstheorie. Kein anderes Konstrukt vermag die Unübersichtlichkeit der Moderne besser zu erklären. Der Vorgang der fortschreitenden Globalisierung wird gedeutet als die Umsetzung eines allumfassenden Plans einer bestimmten Gruppe zur Erlangung der Kontrolle über die Welt. Das Abstraktum der Weltwirtschaft reduziert sich so auf konkrete, von greifbaren Personen intendierte Aktionen. Zumeist handelt es sich dabei um Variationen des in den *Protokollen der Weisen von Zion* vorgegebenen Grundschemas. Die Tätergruppe, für gewöhnlich die Juden, ist dabei konstant. Sie ist, mit Horkheimer und Adorno zu sprechen, »das negative Prinzip als solches«. Dieses Merkmal ist notwendige Bedingung für das Funktionieren des Verschwörungskonstrukts, denn nur so kann sich das ausgrenzende Kollektiv als Opfer definieren, was als Legitimation für die Vernichtung der imaginierten Schuldigen dient: Denn das Opfer befindet sich auf der Seite des moralisch Guten.

Der leichte kognitive Zugang zur Verschwörungstheorie und die universelle Verfügbarkeit der Juden als Täter erklärt ihre Attraktivität seit Beginn der Moderne. Besonders in Zeiten der Krise und des Umbruchs steigt die Anziehungskraft der antisemitischen Konstruktionen, was sich in Deutschland gegenwärtig sowohl anhand der Thesen der NPD zur Globalisierung als auch an den Diskursen der globalisierungskritischen Linken ablesen läßt. Dieses Modell ist zwar keine Instanz im engeren Wortsinn, hat aber insofern in Teilen die Rolle der Kirche übernommen, als es ein kohärentes, in sich geschlossenes Weltbild herstellt und folglich richtigerweise in die Kategorie der politischen Religionen einzuordnen ist.

Die andere Möglichkeit der Komplexitätsreduktion ist die Lektüre der *Bild*-Zeitung. In gewisser Hinsicht ist sie eine Reflexionsstufe höher angesiedelt: Sie erkennt die Realität grundsätzlich als kompliziert an. Deshalb kann sie dem Bürger im Gegensatz zur Verschwörungstheorie keinen allumfassenden monokausalen Deutungszusammenhang anbieten. Aber wie diese geht auch *Bild* von der Prämisse aus, daß es konkrete einzelne gibt, die als verantwortlich für die Mißlichkeiten der Gegenwart heranzuziehen sind. Weil der Schuldige allerdings keine Konstante darstellt, müssen sich die Redakteure permanent auf die Jagd begeben: nach Opfern, die sie zu Tätern stilisieren können.

Auf diese Weise wird ein dem Verschwörungskonstrukt vergleichbares Ziel erreicht. Durch das Lesen über Täter wird der Bürger zum Opfer. Diese Selbstviktimisierung wirkt entlastend, man trägt für die eigene Lage keine Verantwortung mehr. Die Benennung des Schuldigen ist essentiell, weil seine Liquidierung mitgedacht werden muß, um das Ziel zu erreichen. Denn wie der verschwörungstheoretisch konnotierte Antisemitismus zumindest in seiner Tendenz eliminatorisch ist – der Nationalsozialismus bietet hier nur das eindringlichste, der Terror der Islamisten von Al Qaida bis Hamas nur das aktuellste Beispiel –, so muß auch die *Bild*-Zeitung, will sie ihrer Aufgabe gerecht werden, den gefundenen Täter vernichten. Das bedeutet in diesem Zusammenhang natürlich nicht die unmittelbar physische Vernichtung. Durch das stigmatisierende Mittel der Kampagne wird vielmehr der gesellschaftliche Ausschluß erreicht.

Die Personifizierung folgt hierbei dem immer gleichen Muster. Die Zeitung kennt vor allem zwei Arten von »Tätern«. In die erste Kategorie fallen Individuen oder Gruppen, die die Probleme vorsätzlich oder fahrlässig noch verschlimmern. Das sind zumeist die (regierenden) Politiker. Auf diesem Gebiet spürt die Redaktion ihren größten Einfluß, weshalb Kampagnen, auch aus nichtigem Anlaß, vorzugsweise vor Wahlen gefahren werden.

Wesentlich wichtiger für die Funktion des Täter-Opfer-Schemas ist jedoch die zweite Kategorie, die alle diejenigen umfaßt, die zumeist der gleichen gesellschaftlichen Gruppe wie der Leser entstammen, aber die Unübersichtlichkeit der Umstände zu ihrem Vorteil ausnutzen. Viele Kampagnen lassen sich hier einordnen. Zu nennen wären all die »Sozialschmarotzer« und »Abzocker«, die *Bild* in den letzten Jahren an den Pranger gestellt hat. Weil das Blatt beim Aufdecken ihrer hinterhältigen Machenschaften scheinbar einem aufklärerischen Impetus folgt, der für sich genommen unter den Oberbegriff »investigativer Journalismus« fiele, kann es sich einer recht großen Zustimmung bis hinein in die gesellschaftlichen Eliten sicher sein.

Eigene moralische Maximen werden praktisch nicht aufgestellt. Den Maßstab, die Absolution für ihre Vernichtungsaktionen, entnimmt die Zeitung der Bevölkerung selbst, indem sie den orientierungslosen Rest des *moral sense* der Bürger aufgreift und kanalisiert. Die vorgefundenen Ressentiments werden so verstärkt an den Leser zurückgegeben. Dieser fühlt sich bestärkt in seinen Feindbildern und seiner diffusen Empörung, weil er die Anklage in *Bild* gelesen hat. Die Überzeugungen hätte das Blatt aber niemals transportieren können, wenn sie nicht schon im Leser vorhanden gewesen wären: ein sich selbst erhaltendes System. Aus diesem Umstand resultiert auch zum Teil die politische Ausrichtung der *Bild*-Zeitung. Konservativ ist sie eben nicht nur aufgrund ideologischer Vorgaben des Springer-Konzerns, sondern auch, weil die meisten Deutschen strukturell konservativ denken und fühlen und deshalb im Falle von Umwälzungen, die die bestehende Ordnung in Frage stellen, ein Bedürfnis nach klar benannten Verantwortlichen haben.

Das Problem ist nicht die »volksnahe« Berichterstattung durch die reine Wiedergabe der Stimmungen. Das wäre zu verschmerzen. Das Maß wird überschritten mit der exzessiven Fokussierung der Vorurteile auf einzelne Individuen oder Gruppen. Der Leser hatte bereits geahnt, daß es da einen »Sozialschmarotzer« gibt, der auf Kosten seiner Steuern und Sozialabgaben prima leben kann. Jetzt weiß er, daß es »Florida-Rolf« ist. Und er kann sich außerdem sicher sein, daß *Bild* nicht eher ruhen wird, bis Köpfe gerollt sind – im genannten Fall investierte die Redaktion 17 Schlagzeilen. Diese Kanalisierung macht aus dem Delinquenten ein reines Mittel zum

Zweck und verletzt in höchstem Maße dessen Würde – gerade auch dann, wenn tatsächlich Fehlverhalten vorliegt.

Der Bundesgerichtshof hat *Bild* einmal als eine »Fehlentwicklung im deutschen Journalismus« bezeichnet. Gibt es ein Gegenmittel? Das Aufzeigen schlampiger Recherchen, bewußter Fehler und sonstiger manipulativer Methoden der Zeitung hilft jedenfalls kaum. So wichtig die akribische Arbeit der Kritiker – wie zum Beispiel Bildblog.de – oder die häufigen Rügen des Medienrates in dieser Hinsicht sein mögen, so wenig erfolgversprechend sind sie. Jürgen Trittin wurde aufgrund eines unscharfen Fotos zum Gewalttäter geschrieben – zurückblieb bei vielen auch nach dem späten Dementi der Zeitung der Eindruck, daß ihm eine solche Vergangenheit durchaus zuzutrauen sei. Auf den Wahrheitsgehalt eines Artikels kommt es überhaupt nicht an: Auch die Absurdität der *Protokolle der Weisen von Zion* oder der um den 11. September 2001 kreisenden Verschwörungstheorien ist längst erwiesen. Dennoch sind sie quicklebendig.

Beide Entlastungsstrategien, *Bild*-Zeitung wie Verschwörungstheorien, sind Reaktionen auf die Verwerfungen der Gegenwart. Die Verwirklichung des alten Kampfspruchs »Nie wieder *Bild*« mag daher wünschenswert sein – wahrscheinlich ist sie nicht. Denn das mit seiner Autonomie überforderte Individuum kompensiert sein Unbehagen, indem es zum Opfer wird. Was der Vulgärmoralismus der *Bild*-Zeitung leistet, ist das Herbeischaffen von Tätern – und deshalb wird das Blatt noch lange Deutschlands Papst bleiben.

Moralin in Wort und »Bild«

Von Albrecht Mangler

Der Benzinpreiswahnsinn, daß Fußballer sich weniger auf Werbeverträge und mehr aufs Kicken verlegen sollten, daß es sich für Manager nicht gehört, Abfindungsmillionen anzunehmen. Ungefähr 350 Jahre bevor 1952 die *Bild*-Zeitung erstmals erschien, wurde Moralin bereits in leicht anderer Form in Buchstaben gepreßt und vor allem auf die Bühne gebracht: Die »Humour Comedies« von Ben Jonson zeigten den Besuchern des elisabethanischen Theaters, daß Geiz lächerlich ist und daß Charaktere, bei denen die Körpersäfte aus dem Gleichgewicht geraten sind, zum kosmischen Gespött werden. Mißverhältnisse der Körpersäfte als Zeichen der aus den Fugen geratenen göttlichen (Moral)Ordnung und das deftig-moralische Urteil der *Bild*-Zeitung haben eines gemeinsam: Moralin als Erfolgsrezept.

Moralin ist die zum Metasaft kondensierte ordnende soziale Konsequenz aus der verlorengegangenen Balance der Körpersäfte und der Moral. Es bietet Orientierung, wenn ein Sprung in der großen Kaffeetasse der Weltordnung durch fehlende Ausgewogenheit entsteht und ein Abgleiten ins Chaos droht – das Chaos einer Welt, in der oben und unten, richtig und falsch, gut und böse nicht mehr voneinander zu unterscheiden sind und sich gegenseitig in einem Sog der Unordnung ersetzen.

Moralin schafft Ordnung, gibt Handlungssicherheit und integriert, indem Moral von Amoral abgegrenzt wird. Neben mehr Gewißheit im Handeln verleiht es auch Identität; es ist möglich, sich in der Gruppe der Lachenden (bei Jonson) oder in der Gruppe des empörtmachtlosen Volkes (bei *Bild*) zu verorten.

Die *Bild*-Zeitung ist seit ihrem erstmaligen Erscheinen als Witz- und Horoskopblatt zur erfolgreichsten boulevardesken »Humour Comedy« der Postmoderne geworden – voller Moralin, ein augenzwinkernder Spiegel, der verurteilt, lobpreist und die Moralverteilung in der Gesellschaft mitbestimmt, da die Leser wie einst die Zuschauer im englischen Theater des 17. Jahrhunderts zur Gruppe der Beobachter gehören und so eine kollektive, von Moralinbalance getragene Identität entsteht.

»Ich habe einfach ins Blatt gebracht, was mich besonders interessierte.«[1] Das *Bild*-Buchstabentheater spricht ein Publikum an, das ähnlich dem Theaterpublikum im elisabethanischen England vor allem unterhalten werden möchte. Ben Jonson richtete seine Komödien darauf aus, daß eine Person, deren Säfte aus der Balance gekommen waren, vom Publikum verlacht werden konnte. Die vier Körpersäfte – Blut, Schleim, gelbe und schwarze Galle – sollten der Theorie gemäß bei jedem gesunden Menschen in Balance sein. Sie stehen im Zusammenhang mit den vier Temperamenten – sanguinisch, phlegmatisch, cholerisch und melancholisch, die ihrerseits mit den vier Elementen in direktem Verhältnis stehen. Ein Mißverhältnis der Körpersäfte hat sowohl körperliche als auch psychische Erkrankungen zur Folge. So führt ein Übermaß an gelber Galle zu einem cholerischen Temperament mit den übereinstimmenden körperlichen Beschwerden Krebs und Leberleiden.

Entsprechend der Theorie verhalten sich die pathologischen Charaktere auch stereotyp – der Choleriker ist verschlagen, listenreich, und sein rauhes Herz neigt schnell zu blutiger Rache, sein Gemüt kann innerhalb von Sekunden von herzenswarmer Güte in kalten Zorn umschlagen. Für die Zuschauer zweifelsohne ein schadenfroh-lustiger Genuß, schließlich sind die Säfte nur bei den Charakteren der Stücke durcheinander geraten und nicht beim Publikum.

Durch das Verlachen der bemitleidenswerten Choleriker, Sanguiniker, Phlegmatiker und Melancholiker auf der Bühne entsteht Moralin. Moralin ist der gesellschaftlich geschaffene Saft, der durch Verlachen und Abgrenzen entsteht. Vielschichtige Personen und komplexe Sachverhalte werden auf griffige Charakter- und Situationsmodelle reduziert und einer moralkonditionierten Bewertung ausgesetzt, die ihrem Wesen nach ab- und ausgrenzt, alternative Möglichkeiten außer gut und böse ausschließt.

»Draufhauen ist immer besser, egal was die Leute empfinden.«[2] Als die *Bild*-Zeitung kurz nach ihrer Gründung für zehn Pfennige eine Auswahl von Witzen, Horoskopen und Bildern brachte, blieb die Auflage gering. Erst als Chefredakteur Rudolf Michael 1953 beschloß, mehr Text und weniger Bilder verbunden mit einer Schlagzeile als Blickfang zu drukken, schnellte die Auflage in die Höhe. Unter Chefredakteur Karl-Heinz Hagen wurde von 1960 bis 1961 Politik ein integrativer Bestandteil des Blattes – was mit einem weiteren Anstieg der Auflage verbunden war. Die Moralinproduktion setzte allerdings trotz Schlagzeile und politischer Themen nur zögerlich ein. Erst Hagens Nachfolger Peter Boenisch rückte die Belange des »kleinen Mannes« in den Vordergrund und ermöglichte so die Rolle der *Bild*-Zeitung als Moralinkatalysator. Sie wurde moralisches Deutungsorgan, das Identität und Handlungssicherheit schafft – durch Abgrenzung von Unmoral und durch körpersaftbedingte Handlungsklischees der scheinbar unveränderlich-stereotypen Betonmenschen in Wirtschaft, Poli-

---

1 Dieses Zitat wird Günter Prinz zugeschrieben (1971-1980 Chefredakteur der *Bild*-Zeitung).

2 Dieses Zitat wird Hans-Hermann Tiedje zugeschrieben (1990-1992 *Bild*-Chefredakteur).

tik und Sport. Der Wandel von einer belanglos-unterhaltenden Zeitung zu einem moralischen Zentrum der Republik war vollzogen – die Auflage stieg unter Boenisch schnell auf die heutige Zahl von circa vier Millionen Exemplaren.

»In den Köpfen Ordnung schaffen.«[3] Hielt zu Zeiten Ben Jonsons die Vorstellung der kosmischen Ordnung oder doch zumindest die Monarchie die Gesellschaft zusammen, so ist es heute diesbezüglich kalt geworden: Adelstitel oder eine universelle Moral hielten dem durch die Aufklärung erzeugten Begründungsdruck nicht stand und verloren ihre harmonisierende Wirkung. Politik, Wirtschaft und Wissenschaft scheinen in einer Gesellschaft ohne Zentrum entkoppelt zu operieren. Nur ab und an erfolgt ein Seitenblick eines Teilsystems auf die Gesamtgesellschaft und ihre anderen Teile.

Die *Bild*-Zeitung als identitätsstiftende Moralinstanz setzt moralische Zuschreibungsprozesse in Gang, die für den Leser als Teil des Volkes eine integrierende Klammer darstellen. Moralkommunikation, so der Soziologe Niklas Luhmann, schreibt jemandem das Attribut gut oder böse zu, bei gleichzeitiger Achtung oder Mißachtung der gesamten Person. So generiert *Bild* Teufelsmanager, profitgierige Turbokapitalisten, hemmungslose Benzinpreistreiber und nur auf ihren Vorteil bedachte, vom Volk entfremdete Politiker auf der einen Seite und geprellte Kunden, tragisch entlassene Arbeitnehmer, weinende Pendler und desillusionierte Wähler auf der anderen Seite. Die »Guten« können auf der Titelseite der *Bild*-Zeitung ihre Mißachtung der »Bösen« und ihre Angst vor der Macht derselben in Fettdruck in die Welt hinausschleudern und finden in den Köpfen der Leser Resonanz – wer möchte nicht auf der Seite der Guten sein, die Interessen des »kleinen Mannes« respektive des Volkes kennen und vertreten?

Dabei wirft die *Bild*-Zeitung Themen auf, die quer zur Kakophonie der sonstigen interessengebundenen Kommunikation laufen: Verhalten wird beurteilt nach Maßstäben, die zum Beispiel der Wirtschaft oder der Politik fremd sind – es geht nicht um Geld, sondern um Moral. Ein guter Kauf ist plötzlich nicht ein billiges Produkt, das nach rationaler Abwägung erworben wird, sondern ein Kauf, der viele diffuse ethische Kriterien erfüllt: nicht durch Kinderarbeit hergestellt, biologisch abbaubar oder fair gehandelt. Diese Kriterien können sich schnell wandeln und sind somit unberechenbar. Solche Querthemen, die sich nicht den verschiedenen gesellschaftlichen Interessengruppen zuordnen lassen, sind eine Klammer, die der pluralistischen Gesellschaft einen kleinen Rest an Gemeinsamkeit zurückgibt: Moralin ist in Chefetagen und in Montagehallen zu finden – wie auch im elisabethanischen Theater, wo Könige und unfreie Bauern einträchtig den Stücken Jonsons, Marlowes und Shakespeares folgten.

»In meiner Redaktion kann jeder machen, was ich will.«[4] In der Redaktion der *Bild*-Zeitung wird Moralkommunikation vorbereitet, die Tag für Tag als Katalysator von Moralin dient – dem gesellschaftlichen Treibstoff einer identitäts- und integrationsstiftenden Zuschreibung von gut und böse unter gleichzeitiger Achtung beziehungsweise Mißachtung einer Person. Somit ist *Bild* eine postmoderne Form der »Humour-Comedy«, die durch Verlachen, Verachten und Beachten von Personen Einheit schafft und die Fragmentierung der Gesellschaft für ein einheitsstiftendes Moment der Lektüre unterläuft. Dabei erhebt *Bild* selbst nicht den Anspruch, In-

[3] Dieses Zitat wird Claus Larass zugeschrieben (1992-1997 *Bild*-Chefredakteur).
[4] Dieses Zitat wird Kai Diekmann zugeschrieben (seit 2001 *Bild*-Chefredakteur).

formation oder gar Identität zu vermitteln: Leichtbekleidete Frauen und eine boulevardeske Themenselektion sorgen stets für ein druckfrisches Augenzwinkern der Zeitung.

Der eigene Anspruch an die Moral wird ob des Wissens um die eigene Widersprüchlichkeit ironisch unterlaufen. Und das nicht nur aus dem Grund, daß eine moralische Instanz über sich selbst nicht urteilen kann, ob sie gut oder schlecht ist. Sie »ist« einfach. *Bild* spiegelt sich ironisch in ihrer moralisch ambivalenten, aber lebendigen »différence« zu Informationsmedien, die sich selbst bierernst als seriös bezeichnen.

Die *Bild*-Zeitung wurde in einer Wechselwirkung mit der gesellschaftlich-kulturellen Entwicklung von der Moderne zur Postmoderne, von der nationalen Einheit des Wirtschaftswunders hin zum Pluralismus des 21. Jahrhunderts zur einflußreichsten moralischen Instanz in Deutschland. Sie vermag in ihrer moralinorientierten Form Gebrauch von Stereotypen zu machen und vereint die Gesellschaft, je mehr diese sich in Teilsysteme ausdifferenziert. Es entsteht eine Gemeinschaft, die dieselben turbokapitalistischen Auswüchse verurteilt, die Sorgen um den großen Zeh von Michael Ballack teilt und die sich einig ist im Urteil über Bonusmeilen und Hartz IV.

Die Themen werden dabei quer zum Standard aufbereitet, sie sind in ihrer Sichtweise nicht auf eine beispielsweise rein wirtschaftliche Perspektive beschränkt: Ein Tor von Podolski ist Grund zu Jubel und Hoffnung auf den Weltmeistertitel und nicht nur ein schnödes Ansteigen des Transferwertes des Spielers oder eine sportliche Leistung. Für einen Moment – sei es beim zweiten Frühstück in der Firma – wird der kommunikative Alltag aufgesprengt, und jeder einzelne kann sich für einen Augenblick als Mitglied einer Gemeinschaft Gesellschaft fühlen.

Selbst die Polarisierung um die *Bild*-Zeitung wirkt integrierend. Fühlt man sich nicht als Mitglied der *Bild*-Gesellschaft, ist man nicht begeisterter oder heimlicher Zuschauer im Theater der *Bild*-Komödie, so kann man auf der Kehrseite die *Bild*-Tragödie betrachten und sich abschätzig über den schlechten Plot, die scherenschnittartigen Charaktere und das Bösartige am Verlachen äußern und eine positive, vielschichtigere Form des Theaters mit Charakteren und weniger moralinbedingten Klischees fordern. So eben, wie es einst auch Shakespeare mit Jonsons Komödien hielt.

Freundschaft mit dem türkischen Prinzen

Von Sven Matis

Eine traditionelle türkische Hochzeit ist ein ausgesprochen buntes fünftägiges Fest. Da die Feierlichkeiten einen Höhepunkt des sozialen und individuellen Lebens darstellen, sind sie besonders in den Dörfern sehr groß angelegt und kostspielig. Seit geraumer Zeit bahnt sich nun eine Hochzeit zwischen dem türkischen Prinzen und der europäischen Prinzessin an. Dieses Fest wäre einerseits tatsächlich äußerst kostspielig und hätte andererseits eine lang andauernde Katerstimmung zur Folge. In diesen Tagen glauben einige schon die Hochzeitsglocken zu hören. Dennoch gilt: »Drum prüfe, wer sich ewig bindet«.

Nun hat der türkische Prinz nicht erst seit 1963 Anstrengungen unternommen, sich für die europäische Prinzessin schick zu machen. Dies mutet auf den ersten Blick eher merkwürdig an, wollte er sie doch ein ums andere Mal gewalttätig unterwerfen. Mitte des 19. Jahrhunderts sollten aber Reformen der Verwaltung, des Steuerwesens, der Rechtsprechung und Schulbildung die Türkei für Europa attraktiv machen. Und tatsächlich: Der Friede von Paris (1856) sah eine geregelte Aufnahme des Osmanischen Reiches in das europäische Mächtekonzert vor.

Tempora mutantur, und die Türkei vor allem durch Kemal Atatürk in ihnen. Die sechs Prinzipien des »Kemalismus« (Nationalismus, Säkularismus, Republikanismus, Populismus, Etatismus, Reformismus) prägen die politische Kultur der Türkei bis heute. Daneben hat sich in Gestalt des Nationalen Sicherheitsrates das Militär als feste Größe etabliert. Zudem stehen die Menschen- und Bürgerrechte immer noch hinter dem Interesse des »starken Staates« zurück.

Nach der Verlobung des türkischen Prinzen 1963 mit der Prinzessin, die damals noch Europäische Wirtschaftsgemeinschaft hieß, hat seine Familie nach 1987 nun den zweiten Heiratsantrag gestellt. Im Gegensatz zum erstenmal wird diesmal tatsächlich von beiden Familien über eine mögliche Heirat um das Jahr 2015 herum verhandelt. Doch stellt sich die Frage, ob die gute Beziehung der beiden durch eine Heirat tatsächlich verbessert würde. Oder nicht doch beispielsweise eine »privilegierte Partnerschaft« die Freundschaft der beiden stärken könnte.

Die »türkische Frage« ist alles andere als neu, wurde aber in den letzten Jahren in ungewohnter Heftigkeit diskutiert. Gegner eines EU-Beitritts der Türkei müssen sich immer wieder anhören, sie argumentierten auf Stammtischniveau. Sozialliberale Journalisten unterstellen gar einen »latenten Rechtsextremismus«. Possierlich ist dies deshalb, weil die meisten Kritiker aus gerade diesem politischen Spektrum kommen. Wie dem auch sei, es geht hier nicht um eine Liebeshochzeit, sondern in erster Linie um harte Fakten, politische Interessen eben. Und die deuten auf eine ziemlich komplizierte Ehe hin.

Wird die Türkei tatsächlich in die europäische Familie aufgenommen, ist diese gewaltigen Umwälzungen unterworfen. Im Jahr 2015 käme bei anhaltendem Bevölkerungswachstum jeder sechste EU-Bürger aus der Türkei. Somit würde sie im politischen Chor den Takt quasi von Beginn an vorgeben. Insbesondere beim heiklen Thema der Agrarsubventionen würde sie ihr Gewicht voll einbringen, da 36 Prozent der Türken in der Landwirtschaft arbeiten. Apropos Geld: Die EU-Kommission schätzt die Kosten bei einer vollen Integration bis 2025 auf 33,2 Milliarden Euro. Zum Vergleich: Der Beitritt der zehn Neuen 2004 war für das gleiche Geld zu haben. Hinzu kommen noch die Integrationskosten für die befürchtete Migrationswelle. Die Anzahl der allein in Deutschland lebenden Türken würde sich mindestens verdoppeln, wenn nicht gar verdreifachen. Bei der hiesigen demographischen Entwicklung läßt sich leicht ausrechnen, wie schwer ein solcher Zuzug gesellschaftlich zu verkraften wäre.

Befürworter eines Beitritts führen nun ins Feld, daß die Tage eines »kuscheligen Wohlfühleuropas« (Günter Verheugen) ohnehin gezählt seien. Für sie zählen vor allem strategische und sicherheitspolitische Argumente. Spiegeln solche Argumente tatsächlich die Meinung der EU-Bevölkerung wider? Die gescheiterten Verfassungsreferenden in Frankreich und den Niederlanden haben einen Widerwillen gegen die vermeintliche »Technokratie aus Brüssel« deutlich werden lassen.

Der Wunsch nach einem Ende der Eurosklerose ist dagegen groß. Den Europäern wird durch die ständigen Erweiterungen kaum die Chance gegeben, sich in der EU auch heimisch zu fühlen. Der kürzlich verstorbene Peter Glotz faßte es nüchtern zusammen: Die EU verkomme durch das »ständige Hineinfressen weiterer Staaten … zu einem Völkerkonglomerat«. Kurz gesagt: Der innere Zusammenhalt geht verloren.

Beim Gedanken an die bevorstehende Hochzeit scheinen einige Familienangehörige der europäischen Prinzessin regelrecht Magenschmerzen zu bekommen. Nicht nur durch nüchternes Abwägen werden Ehen geschlossen, es sind eben auch Herzensangelegenheiten. Außerdem mangelt es in der europäischen Familie derzeit an gegenseitigem Verständnis und Interesse. Es fehlt ganz offensichtlich an einem familiären Wir-Gefühl. Ob sich das durch bloßes Vergrößern der Familie einstellt?

Dem Unbehagen der meisten Europäer verlieh Hans-Ulrich Wehler mit dem Begriff »Türkenproblem« Ausdruck. Der sozialdemokratische Historiker nannte die Türkei ebenso pointiert wie provozierend die »Inkarnation der Gegnerschaft«. Wehler behauptete, daß sich »muslimische Zuwanderer in allen europäischen Ländern gegen die Integration erfolgreich gesträubt« hätten. Er verwies außerdem auf die Diskriminierung europäischer Ehefrauen und christlicher Kirchen sowie die alltägliche Verfolgung der Kurden in der Türkei.

Neben den menschenrechtlichen Problemen geht in der Türkei dieser Tage offenbar eine schleichende Entsäkularisierung vor sich. Trotz aller europafreundlichen Rhetorik von Ministerpräsident Erdoğan bleibt seine AKP-Regierung gemäßigt-islamistisch. Der Islamismus basiert auf der Scharia und damit auf der Annahme, der Islam sei die Einheit von Staat und Religion. Die türkische Laizität beinhaltet seit Atatürks Tagen die Gestaltung der Religion des Islam – ohne Freiheit für andere Religionen – durch den Staat. Glaubensfragen sind in der Türkei dem Direktorium für Religionsangelegenheiten unterstellt. Unter seiner Ägide wird eine Art sunnitischer Staatsislam für Religionsunterricht und religiöse Bildung praktiziert.

Somit kann von säkularer Religionsfreiheit keine Rede sein, da hier die Freiheit des Individuums gegenüber Staat und Gemeinschaft wesentlich geringer ist als in Europa. Dies spiegelt sich auch in der gesellschaftlichen Einstellung wider. Mehr als zwei Drittel der türkischen Bevölkerung wünschen sich Einfluß der Religion auf die Politik. 84 Prozent sagen, man müsse an Gott glauben, um moralisch zu sein. Ebenfalls mehr als zwei Drittel der Türken befürworten ein Regime autoritärer Führungspersönlichkeiten.

Nun sind die europäischen Familienangehörigen so verschieden, wie sie es aufgrund ihrer individuellen Geschichte nur sein können. Die Umfrageergebnisse in den EU-Mitgliedsstaaten zeigen aber fundamentale Unterschiede zu den oben genannten türkischen. So fordern hier gerade einmal 10 Prozent einen Einfluß der Religion auf die Politik. Auf die Frage, ob man an Gott glauben müsse, um moralisch zu sein, antworten 60 Prozent der Polen und 86 Prozent der Franzosen mit Nein. Und 85 Prozent beurteilen die Demokratie als überlegenes politisches System. Europäische Werte wie das römische Recht, die hellenische Demokratie, das jüdisch-christliche Erbe beziehungsweise die protestantische Reformation und die Wissenschaftsrevolution sind an der Türkei ebenso vorbeigegangen wie an uns die Kultur des Harems. Auch wenn dies manch einer bedauern mag.

Europa und die Türkei trennt weiterhin der Umgang mit der eigenen Vergangenheit. Europäer verweisen stolz darauf, daß sich die staatliche Integration auch auf der gemeinsamen Negation des nationalsozialistischen Völkermordes an den Juden gründe. Die Türkei hingegen argumentiert seit Jahrzehnten, bei dem Völkermord an den Armeniern 1915 habe es sich um »Umsiedlungen« und um eine legitime Notwehr gehandelt, da sich die Armenier mit den Russen verbündet hätten.

Darüber hinaus tut sich die Türkei schwer, ein Mitglied der EU-Familie überhaupt anzuerkennen. Bei der Erweiterung der Zollunion im Juli 2005 hatte die Türkei noch erklärt, daß sich aus ihrer Unterschrift »nicht die Anerkennung der Republik Zypern in irgendeiner Form« ableiten lasse. Die Beitrittsverhandlungen laufen nun unter dem türkischen Versprechen, Zypern, dessen Nordteil noch von türkischen Soldaten besetzt und von Ankara politisch abhängig ist, anzuerkennen.

Ob sich durch eine baldige Hochzeit zwischen der EU und der Türkei »Herz zum Herzen findet«, bleibt also mehr als fraglich. Am 1. Mai 2004 wuchs die europäische Familie um zehn neue Mitglieder. 2007 werden voraussichtlich zwei weitere hinzukommen, Kroatien hat Kandidatenstatus, und die anderen Balkanländer klopfen auch schon an die Tür. Daß die Bürgerinnen und Bürger an dieser Stelle sagen: »Gebt uns Zeit, diese Vergrößerungen zu verstehen, die anderen kennenzulernen und die gemeinsamen Vorteile wahrzunehmen!« ist weder unanständig noch unklug. Das Wir-Gefühl, also ein Verständnis für Gemeinsamkeiten und Unterschiede, entsteht eben nicht von heute auf morgen. Es geht mit den Worten Cavours darum, Europa und auch Europäer zu schaffen.

Die Türkei ist und bleibt ein wichtiger Partner der EU. Neben der Zusammenarbeit auf politischer oder wirtschaftlicher Ebene – wie einer Freihandelszone oder einer abgestimmten Außen- und Sicherheitspolitik – gilt es jetzt einen geeigneten Rahmen für eine künftige Freundschaft zu finden. Wie man diesen letztlich nennt – »privilegierte Partnerschaft«, »abgestufte Mitgliedschaft« –, ist nicht wichtig. Entscheidend ist zunächst, daß sich Europa zu einem Lebensraum entwickeln kann, in dem sich seine Bürger wohlfühlen. Dazu gehört auch die Freundschaft mit unseren Nachbarn.

Manche Partnerschaft zwischen einem designierten Paar wurde dadurch gestärkt, daß man sich zum rechten Zeitpunkt sagte: »Laß uns einfach Freunde bleiben!«

Der zweite vor dem ersten Schritt

Von Michael Pietsch

Die Argumente für wie auch gegen einen Beitritt der Türkei zur Europäischen Union sind wohl nicht zuletzt deshalb so zahlreich, weil die Diskussion zwischen Befürwortern und Gegnern seit mehr als vier Jahrzehnten ausgetragen wird. Kein anderes EU-Mitglied hat so lange um seinen Beitritt ringen müssen, geschweige denn um die Aufnahme von Beitrittsverhandlungen. Mit letzterer begann am 3. Oktober 2005 für die Türkei wie für die EU ein neues Kapitel in den Beziehungen. Auch wenn der ergebnisoffene und langfristige Charakter des nun offiziell eingeleiteten Prozesses allenthalben betont wird, hat man sich nun zumindest auf ein gemeinsames Ziel festgelegt: Die Türkei *soll* der EU beitreten. Ob die Türkei Mitglied der EU werden *kann*, etwa im Sinne der Kopenhagener Kriterien, ob die EU die Aufnahme eines islamisch geprägten Landes, das 2013 ihr bevölkerungsreichstes Mitglied wäre, verkraften *kann*, sind ausstehende Fragen.

Wir halten fest: Die Türkei will in die EU, die EU will die Türkei; die Beitrittsfähigkeit der Türkei und die Aufnahmefähigkeit der EU sind ebenso wie der Termin, an dem über beides entschieden wird, bestenfalls offene Fragen. Auf den ersten Blick wird deutlich, daß hier der zweite Schritt vor den ersten gesetzt werden soll. Keine kluge Strategie.

Es ist diese Spannung zwischen dem noch zu stellenden empirischem Befund und der nun vom Europäischen Rat abgesegneten normativen Zielsetzung, die die Diskussion um die Vollmitgliedschaft der Türkei nicht zur Ruhe kommen läßt. Die Befürworter eines Beitritts gehen davon aus, daß nur mit dem eindeutigen Bekenntnis zu einer Vollmitgliedschaft als Verhandlungsziel die Voraussetzungen geschaffen werden, unter denen sich die Türkei zu einem Land entwickeln kann, das den Kopenhagener Kriterienkatalog eines Tages erfüllen und von dessen Beitritt die EU insgesamt profitieren wird. Zwischen den Zeilen wird aber auch damit gedroht, daß alles andere als das Versprechen der Vollmitgliedschaft die Türkei destabilisieren und den europäischen Interessen schaden würde.

Umgekehrt setzen die Beitrittsgegner auf die normative Kraft des Faktischen: Kulturelle Verschiedenheit, wenn nicht Inkompatibilität, die Reformbedürftigkeit sowohl der EU als auch der Türkei seien hiernach nicht zu leugnende Fakten, die verlangen, das Ziel einer Vollmitgliedschaft zugunsten von alternativen Kooperationsformen aufzugeben. Welche Perspektive ist der bessere Ratgeber für die Entscheidungsträger in den europäischen Hauptstädten?

Diejenigen, die vor dem klassischen *imperial overstretch* warnen, können ihre Argumentation auf den jüngsten Entwicklungen der EU aufbauen: Die ungelöste Frage des Agrarsubventionismus, die Spaltung in »altes« und »neues« Europa im Vorfeld des dritten Golfkriegs, das Nein der Referenden in Frankreich und den Niederlanden zum Vertrag über die Europäische Verfassung sind deutliche Anzeichen dafür, daß die vom Europäischen Rat bislang verfolgte Parallelität von Erweiterung und Vertiefung der EU gescheitert ist.

Dieses Scheitern zeigt sich auch darin, daß die Befürchtungen vom Europa der zwei Geschwindigkeiten längst Realität geworden sind. Schengen-Raum, Euro-Zone, die verstärkte Zusammenarbeit in der Sicherheits- und Verteidigungspolitik – diese Abstufungen im Integrationsprozeß legen nahe, vom Europa vieler Geschwindigkeiten zu sprechen. Die Übergangsfristen für die neuen Mitglieder, die in den »sensiblen Bereichen« (zum Beispiel bei der Arbeitnehmerfreizügigkeit) gelten, rechtfertigen sogar die Rede von der Zweiklassengemeinschaft.

Nun muß konsequenterweise auch hier zwischen dem empirischen Befund und der normativen Dimension des Integrationsprozesses unterschieden werden – aber zu letzterer hält sich der Europäische Rat bedeckt: Die Finalitätsdebatte, die Joschka Fischer mit seiner Humboldt-Rede im Jahr 2000 angestoßen hatte, ist ergebnislos verebbt, und so bleibt die Frage nach dem Ziel der europäischen Integration ebenso unbeantwortet wie die Frage nach Europas Grenzen. Europa steckt in einer Identitätskrise, die Zukunft dieser Staatengemeinschaft sui generis ist damit ungewisser denn je. Es steht zu befürchten, daß die Entscheidung für eine »bessere Freihandelszone« und damit gegen eine politische Union durch den Beitritt der Türkei präjudiziert würde.

Auf diese und andere Bedenken antworten die Befürworter der Integration der Türkei mit strategischen Visionen, wobei es zutreffender wäre, von Träumen zu sprechen. Auch hier war es der deutsche Außenminister, der 2004 die strategische Dimension des historischen Projekts einer neuen europäischen Ordnung entdeckte und in der *Frankfurter Allgemeinen Zeitung* apodiktisch prophezeite, daß die asymmetrische Bedrohung nur mit kontinentalen Denk- und Handlungskonzeptionen beherrschbar sei. In dieser Perspektive kommt der Türkei die klassische Brückenfunktion zu, die im Dienst europäischer Interessenwahrung Stabilitätsexport in Zentralasien sowie im Nahen und Mittleren Osten betreibt. Diese Vision verheißt Chancen und Möglichkeiten in der für die europäische Sicherheit wichtigsten Region der Welt.

Wäre der Türkei-Beitritt zur EU vielleicht gar der erste Schritt zu einer demokratischen Neuordnung des »Greater Middle East« unter europäischer Regie, gleichsam als friedliche Alternative zur Präventivkriegsstrategie der USA im Irak? Das Tempo, mit dem die Türkei in den letzten Jahren demokratische und rechtsstaatliche Reformen legislativ umgesetzt hat, die Entspannung des türkisch-griechischen Verhältnisses, die Bereitschaft Ankaras, sich für eine Kompromißlösung in der Zypernfrage einzusetzen sowie die guten Beziehungen der Türkei zu Israel sind hoffnungsvolle Signale in diese Richtung.

Bleibt die Frage, ob die türkische Synthese von Demokratie und Islam langfristig gelingt und Nachahmer in der islamischen Welt findet. Ebenso offen ist – und damit kommen wir zurück auf den Boden der Realpolitik –, ob allein die Vollmitgliedschaft in der EU die Conditio sine qua non hierfür ist. Damit kein Mißverständnis aufkommt: Die EU sollte alles in ihrer Macht Stehende tun, um zum Erfolg dieses Projekts beizutragen. Denn die Anschläge auf die Synagogen in Istanbul im November 2003, hinter denen Zellen der Al Qaida standen und die direkt auf den europäischen Kurs Ankaras zielten, unterstreichen die strategische Bedeutung der Türkei für die EU. Wenn die Feinde eines toleranten und demokratieoffenen Islam diesen türkischen Weg für gangbar und für eine Bedrohung ihres Dschihad halten, dann liegt es in unserem ureigenen Interesse, die Türkei auf diesem Weg zu unterstützen.

Aber sollten uns weder realistische Möglichkeiten noch kühne Visionen, die sich mit einer Mitgliedschaft der Türkei verbinden, verbieten, nach den Risiken zu fragen. Ist es denn nicht wahrscheinlicher, daß die EU mit dem Beitritt der Türkei mehr verliert als gewinnt? Erweitert sich die EU vielleicht buchstäblich zu Tode?

Bleiben wir zunächst bei der Gemeinsamen Außen- und Sicherheitspolitik, dem einzigen Politikfeld, auf dem sich die Bürger Europas mehr Integration wünschen, weil sie wissen, daß ihre Interessen am ehesten in der Welt gehört werden, wenn sie mit einer Stimme sprechen. Wenn die Türkei die ihr zugedachte Brückenfunktion wahrnehmen soll, setzt dies auf seiten der EU voraus, daß es eine gemeinsame Interessendefinition und eine gemeinsame politische Strategie für die neuen Nachbarländer der EU an ihren dann erweiterten Grenzen gibt. Auf dieser gemeinsamen Basis müssen dann auch verbindliche Mehrheitsentscheidungen prinzipiell möglich sein. Ein permanenter Konsens ist gerade in dieser Region, in der auch die USA nach Partnern für ihre Strategie suchen, in einer um Bulgarien, Rumänien, Kroatien und die Türkei erweiterten EU eine Illusion. Die Europäische Sicherheitsstrategie, auch Solana-Papier genannt, erfüllt diesen Anspruch bei weitem nicht.

Wenn die Verwirklichung all dieser Vorstellungen an den realpolitischen Souveränitätsvorbehalten der Mitgliedsstaaten scheitert, liegt es nahe zu vermuten, daß sich die EU auf dem Tätigkeitsfeld der Europäischen Gemeinschaft mit der dort bereits erreichten Integrationstiefe aufnahmefähiger zeigt. Das Gegenteil ist der Fall. Bereits heute sind die Mitgliedsstaaten unfähig, sich auf eine längst überfällige Reform ihrer Agrar- und Strukturförderungsregelungen zu einigen. Bei einem Beitritt der Türkei im Jahr 2013 würde die EU auf einen Schlag mehr Bürger aufnehmen als mit allen zehn Beitrittsländern der letzten Erweiterungsrunde zusammen, die aber nur die halbe Wirtschaftskraft einbrächten. Jährliche Nettotransfers von 14 Milliarden Euro stünden der Türkei formal zu, eine völlig unrealistische Vorstellung.

Mit den dann zwischen 80 und 90 Millionen türkischen Neubürgern verbindet sich ein weiteres Problem: Die Freizügigkeit innerhalb der EU könnte mit einer Übergangsregelung zwar hinausgezögert, den neuen EU-Bürgern aber letztlich nicht verwehrt werden. Vorsichtige Schätzungen gehen von einer Binnenmigration von 4,4 Millionen Türken in andere EU-Staaten aus, andere prophezeien eine Abwanderungsbereitschaft von bis zu 18 Millionen. Was dies für Gesellschaften wie Frankreich und Deutschland bedeuten würde, deren defizitäre Integrationspolitik ihnen in den französischen Banlieues oder mittels Pisa schmerzlich vor Augen geführt wird, wagt sich kaum jemand vorzustellen.

Die Aufnahmefähigkeit der EU wird angesichts der hier skizzierten Probleme und der in jüngster Vergangenheit demonstrierten Handlungsunfähigkeit in den nächsten zehn bis fünfzehn Jahren für den Kandidaten Türkei nicht herzustellen sein. Sollten 2007 Bulgarien und Rumänien die Vollmitgliedschaft erhalten, wird sich der Problemstau der EU weiter erhöhen. Unter diesen Bedingungen war es fahrlässig, Beitrittsverhandlungen mit der Türkei mit dem Ziel einer Vollmitgliedschaft bereits heute zu eröffnen. Kein anderes Land hat einen so langen Beitrittsprozeß hinter sich, wie er der Türkei bevorstünde. Enttäuschung und Europaskepsis wären die Folge, vielleicht auch ein Stocken des längst nicht abgeschlossenen Reformprozesses der Türkei.

Als der Europäische Rat im Dezember 2004 erklärte, die Türkei würde die Kriterien von Kopenhagen zur Aufnahme von Beitrittsverhandlungen *hinreichend* erfüllen, war dies eine Beleidigung der über tausend politischen Gefangenen Ankaras, ignorant gegenüber den in der Türkei diskriminierten nichtislamischen Religionsgemeinschaften, und es diskreditierte das Europäische Parlament. Dieses hatte im April 2004 in aller Klarheit konstatiert, daß die Türkei die politischen Beitrittsbedingungen nicht erfüllt.

Hier soll nicht der These von der historisch-kulturellen Unvereinbarkeit christlich-abendländischer und islamisch-orientalischer Identitäten das Wort geredet werden, im Gegenteil: Pluralismus und Toleranz sind das Erfolgsgeheimnis der EU. Sie bedarf allerdings des Rechts als Mittel der Einigung und Kern ihres gemeinsamen Identitätsverständnisses. Von der Übernahme des *acquis communautaire*, in dem das kulturelle Selbstverständnis der EU als Wertegemeinschaft zum Ausdruck kommt, ist die Türkei noch weit entfernt.

Visionen sind verlockend, ihr Scheitern an der Realität aber ist gefährlich. Wer den zweiten Schritt vor dem ersten machen will, wird das gemeinsame Ziel nicht erreichen. Dies gilt für Brüssel wie für Ankara.

Warum die Türkei Mitglied der EU werden sollte

Von Sabine Wolf

In der Auseinandersetzung um einen türkischen EU-Beitritt ist es aufschlußreich zu untersuchen, inwieweit sich die Bedenken auf praktische Fakten stützen. Betrachtet man etwa die Mediendebatte, so wird man kaum eine Analyse finden, die sich ausschließlich auf Argumente einer rationalen Interessenpolitik stützt, sich zum Beispiel aus rein wirtschaftspolitischen Gründen gegen einen Beitritt der Türkei ausspräche. Zwar werden von Beitrittsgegnern auch überaus legitime Einwände angeführt, etwa anhaltende Menschenrechtsverletzungen oder das innertürkische Ungleichgewicht der Entwicklung im derzeitigen Reformprozeß. Doch dem Argument der »kulturellen Grenzen Europas« – der Unvereinbarkeit mit dem »europäischen Erbe« – wird durchgehend ein großes *Vor allem* vorangestellt: Den Kern der Debatte scheinen demnach nicht in erster Linie Besorgnis um die wirtschaftliche Entwicklung Europas zu bestimmen, sondern diffusere Ängste, die zur Kreation von Wörtern wie »Türkenschwemme« führen. Paradoxerweise impliziert diese Argumentationslinie eine gewisse

Zweitrangigkeit jener Bereiche, die tatsächlich grundlegend geprüft und bearbeitet werden sollten, insbesondere die Situation der Menschenrechte.

Weiterhin besteht eines der Hauptargumente der Gegnerschaft eines türkischen EU-Beitritts aus Warnungen vor der schieren Größe des Landes beziehungsweise seiner Bevölkerung. Doch wenn suggeriert wird, daß sich die Europäische Union mit dieser Erweiterung übernehmen würde, spielt eben auch die Angst vor einer »Türkenschwemme« eine Rolle: Mit aller Ehrlichkeit muß man sich fragen, ob der Größe der türkischen Bevölkerung die gleiche entscheidende Bedeutung beigemessen würde, handelte es sich etwa um orthodoxe Christen. Außerdem sei daran erinnert, daß es bei allen Erweiterungsprozessen immer die EU selbst ist, die alle Regulierungswerkzeuge in der Hand hält, so zum Beispiel die Entscheidung, Freizügigkeit zu gewähren oder zeitweilig auszusetzen. Diffuse Bilder einer plötzlichen flutartigen Übernahme Europas kann man demnach entsorgen – der Integrationsprozeß läuft sehr viel kontrollierter ab, als einen diese Szenarien vermuten ließen.

Auch die Warnungen vor einer »Überdehnung« sind unbegründet, da die Kontrollgewalt der EU ja bestehen bleibt. Angesichts des stetigen Wachstums der Union wird auf seiten der Gegner eines Türkei-Beitritts an das Schicksal aller anderen Großreiche der Geschichte erinnert: Niedergang durch übermäßiges Wachstum. Doch hierbei wird ein entscheidender Umstand außer acht gelassen. Während die Selbstzerstörung eines Zusammenschlusses, der auf Zwang und Gewalt basiert, unausweichlich ist, beruht die Ausdehnung der EU auf Prinzipien des Konsenses. Wie Günter Verheugen anmerkte, entfällt für die EU somit die kritische Frage nach Legitimität ihres Territoriums von vornherein.

Darüber hinaus sollte die Annahme, daß Angst vor dem anderen, dem Fremden, das ausschlaggebende Element in der Gegnerschaft eines Türkei-Beitritts ausmacht, nicht als Vereinfachung mißverstanden werden. In dieser Analyse geht es um mehr als eine Auseinandersetzung mit dem xenophoben Potential in uns allen, nämlich um generelle Unsicherheiten, was Definition von Identität, Aufgabe und Kurs des modernen Europa angeht.

In der Fragestellung, als was sich die Europäische Union definiert und wo ihre Grenzen sind, muß sich das in der Union bereits etablierte Europa einer ständigen Selbstbeobachtung und -erneuerung unterziehen, was keineswegs schwammige Identitätskonzepte zur Folge haben muß. Vielmehr geht es um eine Reflexion über den jeweiligen weltpolitischen Kontext, die letztendlich die Überlebensfähigkeit der EU sichert. Das Ziel hierbei ist, den europäischen Gedanken nicht als ein statisches Gebilde – etwa als »europäisches Haus« –, sondern einen dynamischen Prozeß wahrzunehmen. Nur so kann sich Europa davor schützen, unzeitgemäß zu werden.

Eben weil ihre bisherigen Unternehmungen erfolgreich waren, besteht für die Europäische Union die Notwendigkeit, sich fortlaufend neu zu erfinden. Das Projekt Europa muß sich in ständigem Wandel befinden, denn es überlebt sich, was ehemals ausschlaggebendes Motiv für den Integrationsgedanken gewesen sein mag. So ist nicht nur die Möglichkeit kriegerischer Auseinandersetzung zwischen Frankreich und Deutschland zum absurden Szenario geworden, sondern etwa auch Südwesteuropa vom potentiell problematischen »Armenhaus Europas« selbst zum Ziel von Arbeitsmigration.

Ein gegenwärtiges Beispiel wäre geographischer Natur: Nun, da die EU durch die Osterweiterung – von vielen gewissermaßen als historische Notwendigkeit gesehen – ihre jüngste Modifikation erfahren hat, wird es eine Weile dauern, bis das kollektive europäische Bewußtsein etwa Polen oder Tschechien nicht mental nach Osteuropa schiebt, sondern richtigerweise als Mitteleuropa anerkennt. Im Falle der türkischen Bewerbung um Mitgliedschaft muß Europa den Integrationsgedanken in seiner zeitgenössischen Version weiterführen; daß dies in vielerlei Hinsicht eine Herausforderung darstellt, ist Grundlage des Projekts Europa in seiner Gesamtheit.

Angesichts von Beschwerden, eine Erweiterung gen Türkei würde die Handlungsfähigkeit der EU noch weiter einschränken, muß man sich fragen, von welcher Fähigkeit zu handeln hier eigentlich die Rede ist: etwa der, unilaterale außenpolitische Entscheidungen zu treffen? Selbst wenn die EU die Zahl ihrer ursprünglichen Gründungsmitglieder niemals überschritten hätte, ist stark zu bezweifeln, ob sie zu solcher Einigkeit in der Lage wäre. Ganz im Gegenteil: Wenn der europäische Staatenbund über etwas wie Handlungsfähigkeit – die Möglichkeit, Weltpolitik maßgebend zu beeinflussen – verfügt, dann vor allem in dem Maße, wie er in der Lage ist, als stabilitätsstiftendes Instrument zu agieren.

Die Essenz der Gründungsidee des europäischen Zusammenschlusses bestand darin, eben als solches Instrument regionaler Stabilisierung und fortwährender Sicherung demokratischer Strukturen zu dienen. Diese Politik fand ihre logische Fortsetzung erst in der Einbindung Griechenlands, Spaniens und Portugals und jüngst in der EU-Osterweiterung. Es wäre nur konsequent, nun auch die Türkei an diesem Modell teilhaben zu lassen, insbesondere wenn man berücksichtigt, daß die Türkei durch ihre geographische Lage auch nach dem Ende des Kalten Kriegs weiterhin von hohem strategischem Interesse ist.

Nun ist die Türkei selbst zwiegespalten, zuerst einmal im geographischen Sinn durch ihre Zugehörigkeit zu zwei Kontinenten. Unabhängig hiervon bestehen jedoch sehr viel konkretere Divergenzen, ganz besonders im Ungleichgewicht der wirtschaftlichen und politischen Entwicklung innerhalb des Landes. Während die Reformen im wohlhabenden Westen der Türkei den Beitritt immer greifbarer werden lassen, ist es vor allem die Situation im Südosten des Landes, auf die sich die Zweifler an der EU-Tauglichkeit der Türkei beziehen.

Nicht nur zeigen sich dort vererbte autoritäre Strukturen am stärksten, sondern konzentriert sich auch die Mehrzahl der Menschenrechtsverletzungen auf diese Region, in der die kurdische Minderheit immer noch unter Benachteiligungen und gewalttätigen Übergriffen leidet. Daß jedoch gerade die kurdische Minderheit zu den Befürwortern eines EU-Beitritts zählt, ist auf das sogenannte prognostische Element zurückzuführen: Das enorme Tempo, das die Reformen in den letzten Jahren angesichts der bloßen Beitrittsaussicht angenommen haben, wird sozusagen auf die nähere Zukunft hochgerechnet – eine Leseweise, die bis vor kurzem immer sehr günstig für Ankara ausgefallen ist. Trotzdem hat der jüngste EU-Fortschrittsbericht einen Reformstillstand in der Türkei zu bemängeln, was wiederum auf eine Inkonsistenz der EU-Kriterien gegenüber der Türkei zurückzuführen ist.

Sich für einen Betritt der Türkei auszusprechen, kann nicht bedeuten, mit einer Mischung aus Großzügigkeit und Inkonsequenz über Mängel hinwegzusehen; hätte man früher nicht zu sehr auf das Anreizpotential der Beitrittsaussicht gesetzt (und wären die Fortschrittsberichte dementsprechend strenger ausgefallen), könnte der jetzige tatsächliche Entwicklungsstand klarer sein.

Derzeit scheint sich die Türkei unentschlossen zwischen Tradition und Moderne zu befinden: Was ihre weitere Demokratisierung betrifft, entmutigt ein Zwischenfall wie die Anklage Orhan Pamuks wegen Beleidigung des Türkentums. Im Gegensatz dazu steht jedoch die klare Zurückweisung des Versuchs, Ehebruch unter Strafe zu stellen: eine Debatte, die aufzuzeigen scheint, daß die säkularen Kräfte in der Türkei überwiegen. Es ist Aufgabe der Europäischen Union, diese Tendenz auch weiterhin zu unterstützen und somit das Projekt der Demokratisierung der Türkei nicht aufzugeben.

Diese Demokratisierung – oder Europäisierung – der Türkei sollte nicht als neokolonialistische *mission civilisatrice* mißverstanden werden, sondern als internationales Ausrufezeichen, als Beweis dafür, daß sich Islam, Demokratie und Rechtsstaatlichkeit durchaus vereinen lassen. Die Mitgliedschaft der Türkei stellt somit für die EU die einmalige Möglichkeit dar, einer der derzeit gefährlichsten weltpolitischen Strömungen entgegenzutreten: Der vielbesprochene *clash of civilizations* darf nicht zur selbstbestätigenden Prophezeiung werden.

Zudem kann man davon ausgehen, daß eine Aufnahme der Türkei in die EU auch von großem innenpolitischen Vorteil wäre: In der Debatte, inwieweit sich europäische Identität mit dem Islam vereinbaren läßt, wäre es sträflich, die bereits in Europa etablierten muslimischen Gemeinden außer acht zu lassen. Der Beitritt der Türkei könnte maßgeblich zu einer Entghettoisierung muslimischer Immigranten insgesamt führen, wäre er doch unter anderem offizielle Bestätigung und Symbol dafür, daß die muslimische Bevölkerung in der modernen europäischen Gemeinschaft ihren rechtmäßigen Platz hat.

Laut dem ehemaligen Bundeskanzler Helmut Schmidt liegt die Türkei außerhalb der kulturellen Grenzen Europas; Hand in Hand mit dieser Sichtweise geht das Argument, daß türkische Kultur und die »europäischen Werte« Gegensätze darstellen. Anstatt mit der Sorge um Unvereinbarkeiten von kulturellen Werten der Rhetorik eines Samuel Huntington zu folgen, wäre eine viel präzisere und produktivere Frage, inwieweit Wertunterschiede nicht durch Religion, sondern durch unterschiedliche Modernisierungsgrade bestimmt sind.

Das derzeitige Europa, dessen Bevölkerung bereits zu einem festen Bestandteil aus Muslimen besteht, kann es sich nicht erlauben, an einem »europäischen Erbe« festzuhalten, in dem Rechtsstaatlichkeit und Menschenwürde auf wundersame Weise als exklusiv christliche Werte erscheinen. Darüber hinaus sollte man nicht vergessen, daß der ideelle europäische Erbschatz, von dem hier die Rede ist, weder inhärent wohlbringend – siehe Kolonialismus – noch inhärent demokratisch – siehe Nazideutschland – ist. Hinzu kommt, daß die freiheitlich-demokratischen Privilegien, die heutzutage innerhalb der Europäischen Union genossen werden, weniger zwangsläufige Konsequenz des »europäischen Geistes« sind, sondern zu einem beachtlichen Anteil Ergebnis der Einbindung in Programme des wirtschaftlichen Wiederaufbaus nach dem Zweiten Weltkrieg, insbesondere den Marshallplan.

Der Schriftsteller Orhan Pamuk beschreibt die gegenwärtige Situation der Türkei als die eines »Mannes, der an die Tür klopft«; hinter dieser Tür befinden sich Wohlstand, Stabilität und Sicherheit, und in seiner Entscheidung, ob Einlaß gestattet wird, sollte Europa nicht vergessen, daß es vor nicht all zu langer Zeit selbst draußen vor dieser Tür stand.

Warum die Türkei Mitglied der EU werden könnte

Von Rasmus Althaus

Schanghai, November 2004

Nach einer kurzen subtropischen Dämmerung ist es dunkel geworden in der Stadt, schwarz liegt die Nacht zwischen den Platanen des alten französischen Viertels. Schaut man in Geschäfte, hat man das Gefühl, sich in die Privatsphäre fremder Menschen einzumischen, die auf alten Holzmöbeln sitzend Karten spielen und Tee trinken, eingezwängt zwischen großen Gewürzsäcken im Familienkreis zu Abend essen. Auf Handkarren, die mit mehreren durch Kohle beheizte Kochplatten versehen sind, bereiten Straßenverkäufer unerhörte Mahlzeiten zu. Ich bin vorsichtig geworden, seit ich in der Karte des Fischrestaurants auf etwas gezeigt hatte und lebende Garnelen serviert bekam, die vor meinen Augen mit heißer Soße übergossen wurden und in einem Glastopf einen langen Todeskampf litten, bis man sie schließlich essen mußte.

Ich zwänge mich durch das Gedrängel in der Dunkelheit, einen Kopf größer als die mich umgebende Menge. Hier, weiter von den Geschäftsstraßen entfernt, fühlt man sich als Europäer ausgesondert, aussortiert, auch wenn man im dichtesten Gewühl steckt. Im Dunkel einer wenig befahrenen Straße entdecke ich einen beleuchteten Verkaufsstand. Ein Mann in weiter, abgenutzt aussehender Kleidung holt dort einige Brote aus einem Steinofen und legt sie in die beleuchtete Vitrine des Verkaufsstandes, wendet Fleischspieße, die auf einem kleinen Grillrost leise zischen und bestreut sie mit einer Gewürzmischung. Als ich ihn genauer betrachte, sehe ich freundliche und bescheidene große Augen und ein vertraut wirkendes Gesicht. Er fragt mich etwas auf chinesisch, was ich nicht verstehe, aber ich merke, daß er einen starken Akzent hat, die Silben ungewöhnlich betont. Ich zeige auf die Fleischspieße und sage »san«, drei.

Die Turksprachen sind Teil der uralaltaischen Sprachfamilie. Sie gliedern sich in Türkisch, Kasachisch, Turkmenisch, Usbekisch und Uigurisch. Die Uiguren, oder XinJiang, wie man auf chinesisch sagt, leben in der gleichnamigen Provinz im äußersten Nordwesten Chinas. Sie stellen eine der größten Minderheiten in China und werden als Turkvolk mit muslimischer Tradition stark unterdrückt. Viele gehen als Wanderarbeiter oder Straßenverkäufer in die Großstädte im Osten, wo sie für ein klägliches Einkommen arbeiten.

Da stehe ich im französischen Viertel in Schanghai und fühlte mich plötzlich über eine unsichtbare kulturelle Linie über Urumqi und Alma Ata, Taschkent, Samarkand, Teheran und Istanbul mit einer Kultur verbunden, die keine hundert Meter von meiner Haustür in Berlin entfernt ein ganz ähnliches Gericht aus Lammfleisch und Fladenbrot kennt. Wie klein ist unser Europa von China aus gesehen! Ich fühle mich dem Straßenverkäufer sofort verbunden, wie ich mich jedem Europäer, den ich hier treffe, verbunden fühle: Wir sind beide fremd in Han-China.

Das Erleben von Fremdheit beschreibt stets eine Relation: »Fremd ist«, so Marina Münkler, »keine Eigenschaft von Personen oder Gegenständen, sondern eine Form des In-Beziehung-Setzens.« Was fremd ist, wird also gewissermaßen erst durch denjenigen (beziehungsweise diejenige Kultur), der etwas als fremd erlebt, als fremd statuiert. Ortfried Schäffter konstatiert, »daß in befremdlichen Erlebnissen immer auch die besonderen Wahrnehmungsstrukturen und Deutungsmuster einer Person, einer sozialen Gruppe, einer Kultur oder historischen Epoche zum Ausdruck gebracht werden«.

Berlin, November 2005
Romano Prodi äußert, daß die wahre Grenzlinie nicht zwischen Befürwortern und Gegnern der EU verlaufe, sondern zwischen denjenigen, die Europas innere Grenzen abschaffen und denen, die aus Europa eine große Freihandelszone machen wollten. Kann man das denn trennen? Und inwiefern betrifft es die Türkei?

Angela Merkel teilt dem türkischen Ministerpräsidenten Erdoğan mit, daß die Verhandlungen mit der Türkei laut neuem Koalitionsvertrag »ergebnisoffen« geführt werden müßten. Die Absage ihrer Partei an eine Vollmitgliedschaft der Türkei hält sie dabei nicht verborgen. Die Abwehrhaltung gegenüber der Türkei beruht ersichtlich nicht auf einer bloßen Abwehr der Vorstellung, sich mit der Türkei in einer gemeinsamen Freihandelszone zu befinden. Die emotionale Reaktion offenbart tief verborgene Assoziationen und Imaginationen, die sowohl den ideologischen Rahmen der europäischen Bewegung wie unseres ureigenen Selbstverständnisses unausgesprochen festschreiben.

Es ist winterlich-kalt auf den grauen und verlassenen Straßen in Berlin-Tiergarten. Hagel und erster Schnee haben den Winter eingeleitet. Vor einer Kneipe hängt eine Hertha-Fahne in der unbewegten Nachmittagsluft. Wenige Meter weiter hat ein türkischer Imbißbesitzer eine Türkei-Flagge vor seinem Laden gehißt. Flagge zeigen: Seit dem Länderspiel gegen die Schweiz in der letzten Woche ist das wahrscheinlich ein schwierigerer Akt geworden. Die Fairneß, so Fifa-Präsident Blatter, sei mit Füßen getreten worden. Er ist Schweizer.

»Jacky« schreibt auf einem Internetforum: »Wieso immer Türken? – Könnt Ihr mal endlich aufhören, immer auf die Türken loszugehen? Diese Vorfälle im Fußball gibt es überall auf der Erde. Ich rufe Euch besonders das Spiel AS Roma – Galatasaray im Jahr 2002 in Erinnerung, als die gesamte Mannschaft von Galatasaray von der italienischen Polizei mit Schlagstöcken niedergeschlagen und rassistisch beschimpft wurde. Es gab einige Schwerverletzte seitens der Türken. Und das Ganze mitten in Rom, in der Hauptstadt der christlichen Welt!«

Es ist kein Zufall, daß die »Hauptstadt der christlichen Welt« herhalten muß, um die antitürkische Stimmung zu relativieren, denn die Diskurse von Fremdheit oder Andersheit der Türken haben ihren Ursprung in der mittelalterlichen Vorstellung des einheitlich christlichen Europa. (Ironischerweise ist der Name des in Rom zu Schaden gekommenen Fußballvereins, Galatasaray, eine Anspielung auf den keltischen Stamm der Galater. Sie zogen als Söldner aus Mitteleuropa nach Anatolien, wo sie 275 vor Christus im Heer des bithynischen Königs Nikomedes gegen die Seleukiden unterlagen. Nach der Niederlage plünderten sie die reichen Städte entlang der Mittelmeerküste: Pergamon, Erythrai, Ephesus und Milet. Erst 25 vor Christus wurde ihr Siedlungsgebiet von den Römern annektiert.)

Trotz der vielfältigen Verbindungen und Verknüpfungen zur christlichen Welt wird der Orient als Fremde und Gegenpol konstruiert, wie Edward Said gezeigt hat. Dieser Prozeß beginnt im Mittelalter. Darstellung und Wiedergabe des Fremden in mittelalterlichen Quellen werden nach neueren Forschungen nicht mehr als Widerspiegelung oder Nachahmung einer objektiven Wirklichkeit begriffen, sondern als ihre epistemologischen Konstituenten. Auch Kai-Uwe Hellmann unterstreicht diesen Zusammenhang, indem er »hochkulturellen, stratifiziert differenzierten Gesellschaften« die Fähigkeit zuspricht, »Inhomogenes als vertraut zu behandeln«, also Fremde zuzulassen, wobei die eigene Position »asymmetrisch«, also als »überlegen« aufgefaßt werde. Und ebendiese »Asymmetrien bei der Konstruktion von Fremdheit« bewirkten nun »durch die Ab- und Ausgrenzung Anderer Selbstbestimmung«. Marina Münkler erwähnt in Anlehnung an Said, daß der Orient »eine kulturelle Konstruktion ist, die mit starken Stereotypisierungen arbeitet, deren Referenzpunkte nicht in der Wirklichkeit, sondern in anderen Texten liegen«.

Der Philosoph Bernhard Waldenfels gibt eine Erklärung, warum gerade in bestimmten Epochen das Fremde als besonderes Thema in öffentlichen Diskursen erscheint: »Virulent wird das Fremde in solchen Lebens- und Geschichtsphasen, in denen Ordnungen schwanken und Ordnungspfähle sich verrücken.« Dies gilt zweifellos für das Spätmittelalter wie für die heutige Zeit. In einem Radiointerview führt Waldenfels seine These aus und verweist auf das Fremde im Eigenen, das mit der stärkeren Wahrnehmung einer fremden Kultur »außerhalb« plötzlich auch wieder stärker ins Blickfeld rücke. Das Fremde ist auch in uns: gesellschaftlich, aber auch psychologisch betrachtet. Man muß es nur sehen können. Adolf Muschg schreibt ganz verwandt in seinem neuen Essayband über die europäische Identität, daß die Selbstvergessenheit der Spaßkultur und der religiöse Fundamentalismus nur zwei Seiten derselben Medaille seien. Der Blick auf das vermeintlich Fremde: Ausdruck der eigenen Entfremdung?

Muschg wendet sich gegen die Aufnahme der Türkei mit dem Argument, daß das politische Europa mit dem wirtschaftlichen eben nicht den Zwang zu ständigem Wachstum teile. Damit begibt er sich in das Begriffsfeld, das schon Prodi mit seiner Differenzierung zwischen einem Europa der offenen Grenzen und kulturellen Gemeinsamkeiten und einer bloßen europäischen Freihandelszone betreten hat.

Zugegeben: Europa wird sich nicht als politische, kulturelle und ökonomische Einheit bewähren können, wenn es sich in erster Linie als Freihandelszone ohne historisch gewachsene Ursprünge begreift. Mit diesem Argument und der Behauptung, daß die Türkei nicht Teil dieser historisch gewachsenen Einheit sei, wird oft die Aufnahme abgelehnt. Es sind in der Regel türkische Intellektuelle wie Orhan Pamuk, die dagegen auf historische Gemeinsamkeiten verweisen. In einem Fernsehinterview sagte Pamuk: »Die Idee der europäischen Union ist für mich vor allem die Idee des Friedens« (zwischen Deutschland und Frankreich). Hat die Türkei so wenig mit Deutschland und Frankreich gemein, daß sie nicht Teil eines Projektes werden könnte, das dieser Idee des Friedens im Rahmen der »Werte von Aufklärung und Renaissance« (Pamuk) entspringt?

Wirft man einen Blick auf die Historie des vielbeschworenen »historischen Europa«, wird schnell deutlich, daß die Geschichte nicht immer so eindeutig ist, wie sie manchem scheint. Karl V. etwa betrachtete sich als christlichen Weltherrscher, in dessen Reich »die Sonne nicht untergeht« – keineswegs als Europäer im heutigen Verständnis. Er verfolgte als spanischer Thronfolger die amerikanische Kolonialpolitik Kastiliens, stritt mit dem Papst als mächtigster Lehnsherr Süditaliens, bekämpfte den Protestantismus im Deutschen Reich und führte einen erbitterten Konflikt mit Franz I. von Frankreich um die burgundischen Erbländer. Im übrigen verteidigte er die Südostflanke des habsburgischen Reiches gegen die Türken. Als 1529 die Türken Wien belagern, handelt es sich nicht in erster Linie um einen türkischen Angriff auf Europa, sondern um ein diplomatisch fein abgestimmtes Vorgehen des französischen Königs: Seit 1523 versuchte er so, die Habsburger gezielt in einen Zweifrontenkrieg zu verwickeln. 1535 kommt es zum offiziellen Bündnis zwischen dem »allerkatholischsten König« Franz I. und Sultan Sulaiman II.

Lange Zeit waren Deutschland und Frankreich Antagonisten im europäischen Kräftesystem. Die gemeinsame Zugehörigkeit zu Europa wird dennoch niemand in Frage stellen – vielmehr hat gerade dieser Antagonismus die europäische Vereinigung vorangetrieben. Ähnlich verhält es sich mit der Türkei, auch wenn sie am Rand des europäischen Kulturraums liegt. Gerade dadurch, daß es immer wieder die Türkei ist, die seit Hunderten von Jahren von mitteleuropäischer Seite als kulturelles, religiöses und politisches Gegenüber empfunden wird, zeigt sich am Ende die Zugehörigkeit zu einem gemeinsamen Bezugssystem.

Ob es aus ökonomischer, verwaltungstechnischer, geostrategischer oder militärischer Perspektive sinnvoll wäre, die Türkei aufzunehmen, ist eine grundsätzlich andere Frage. Sie kann allein durch die Zukunft beantwortet werden. Doch die Auffassung, die Türkei gehöre einem fremden Kulturraum an, ist verfehlt und steht in einer langen Tradition ähnlicher Behauptungen. Diese beweisen das Gegenteil von dem, was sie sagen wollen – denn worin äußert sich ein gemeinsamer kultureller Hintergrund, wenn nicht in immer wiederkehrender Abgrenzung und Annäherung? Festzuhalten ist, daß es keine grundsätzliche und unüberwindliche historisch-kulturelle Trennwand gibt, die diese Aufnahme von vornherein ausschließen müßte.

Die Tagesthemen schließen mit einem Kommentar über die Beitrittsverhandlungen der Türkei. Zur Einleitung wendet sich der Kommentator zunächst China zu, als einer Region, die der EU ökonomisch scharfe Konkurrenz machen kann. Dann zitiert er Konfuzius mit den berühmten Worten: »Der Weg ist das Ziel« – bezogen auf die sich so lange hinziehende Verhandlungen. Welches Ziel auch immer man ansteuert, wird mir da klar, man muß sich nur einmal die Situation aus chinesischer Perspektive ansehen, um die Diskussion darüber, was Europa ist, ganz anders aufzufassen.

Englisch in Wissenschaft und Wirtschaft?

Von Raphael van Riel

Daß Sprachen der Bewahrung und Pflege wert seien, ist eine verbreitete These, an der sich nicht nur zeigt, wie vorsichtig man damit sein sollte, von Bibelstellen auf westliche – »jüdisch-christliche« – Traditionen und von diesen wieder zurück auf Bibelstellen zu schließen: Trotz ihrer Verbreitung in der westlichen Welt gründet die These nicht in dieser religiösen Kultur. Der Abschnitt, der dem Turmbau zu Babel gewidmet ist, transportiert eine klare Vorstellung vom Sinn und Zweck der Vielsprachigkeit, die der Eingangsthese entgegengesetzt scheint:

Die funktionale Strafe Gottes führt uns in technischer wie in wissenschaftlicher Hinsicht in eine Sackgasse.

Es wird keinen zweiten Turmbau geben, weder zu Babel noch sonstwo, wenn wir nicht die der Sprachdiversität geschuldeten Grenzen überwinden. Nimmt man Abstand von der Gottesfurcht, so weist die in dieser Geschichte anklingende, postmodern anmutende Absage an die Realisierung der (fehlinterpretierten) Utopie in die Richtung einer Gegenthese, die ich zu verteidigen gedenke: Eine Einheitssprache in Wissenschaft und Wirtschaft ist wünschenswert, da Vielsprachigkeit in diesen modernen gesellschaftlichen Bereichen hemmend wirkt.

Einwände gegen die These sind von drei Seiten zu erwarten. Zunächst einmal mag man kulturelle Identität und Vielfalt als bewahrenswert empfinden und durch eine einheitliche Wissenschafts- oder Wirtschaftssprache bedroht sehen. Gerade in Deutschland, wo in regelmäßigen Abständen und aus den unterschiedlichsten politischen Ecken vor einer Amerikanisierung der Verhältnisse gewarnt wird, ist dieses Motiv nicht zu unterschätzen.

Ein zweiter Einwand gründet in der Hoffnung, daß von dieser Vielfalt in sprachlich und kulturell abgegrenzten Kontexten eine wünschenswerte innovative Kraft auf Wirtschaft und Wissenschaft ausgeübt werde. Die Verhältnisse sind schließlich nicht überall gleich, und die Akteure in Wissenschaft und Wirtschaft wachsen mit unterschiedlichen Einflüssen auf; das mag der Kreativität wie auch der adäquaten Herangehensweise an die je eigenen Probleme nützen.

Der dritte Einwand zielt auf die Kritik einer potentiellen Abschottung der Bereiche Wissenschaft und Wirtschaft von anderen gesellschaftlichen Bereichen. Man könnte argumentieren, daß sich die wirtschaftlichen und wissenschaftlichen Diskurse, die in Deutschland ohnehin schon ein Feld besetzen, das kaum an das der Medien und der politischen Auseinandersetzungen rückgekoppelt ist, bei einer zusätzlichen sprachlichen Grenze weiter verselbständigen würden.

Bevor ich mich diesen drei Einwänden zuwende, werde ich zeigen, wie problematisch es ist, sich auf eine gesellschaftliche Akteursgruppen konstituierende gemeinsame Sprache zu beziehen. Eine Rolle des Rekurses auf Sprache besteht unter anderem in der Quasi-Essentialisierung der Individuation von gesellschaftlichen Akteursgruppen – etwa bei der Individuation von Nationen. Die Sprache tritt dabei das Erbe älterer Individuationsprinzipien an, etwa des Rassekriteriums, zu dem sie, bei allen Unterschieden, in einer intimen Verbindung steht.

Anders als den Kriterien des gemeinsamen Interesses der politischen Splittergruppe, der gemeinsamen kulturellen Orientierung der Christenheit oder des gemeinsamen Gegners der Gewerkschaften fehlt dem Rassekriterium der Hauch der Kontingenz, der diesen Individuationsprinzipien gemein ist. Schließlich meinen wir zumindest gelegentlich darüber entscheiden zu können, welches Interesse wir mit wem gemeinsam verfolgen wollen, ob wir uns einer Gruppe mit bestimmter kultureller Orientierung anschließen möchten, gegen wen wir uns mit wem positionieren. Ob wir dabei wirklich Entscheidungen treffen oder nicht – wichtig ist, daß wir in einer Gesellschaft leben, die einem ein Recht auf derartige Entscheidungen prinzipiell einräumt.

Wird man jedoch einer Rasse zugeordnet oder einer Kultur, in die man scheinbar irreversibel hineinsozialisiert wurde, kann man die entsprechende Gruppe nicht mehr wechseln – Entscheidungen finden sich nicht in der Reichweite so gearteter Prinzipien. In genau dieser Hinsicht ähnelt die Sprache der Rasse und der Kultur. Genau wie Rasse und Kultur hilft Sprache bei der Festlegung ethnischer Grenzen oder der Rechtfertigung von Nationen. Die Gemeinsamkeit des Sprachkriteriums zu dem der Rasse oder der Kulturzugehörigkeit liegt darin, daß nach diesen Kriterien Menschen in Akteursgruppen unterteilt werden, die zu wechseln praktisch unmöglich ist. Dagegen, daß ich zur Akteursgruppe der Deutschen gehöre, kann ich, ohne einen immensen Aufwand zu betreiben, nichts tun. Natürlich sind die Grenzen hier wesentlich durchlässiger als im Falle der Rasse, und man sollte wohl bezweifeln, daß es Rassen in dem Sinne, wie Rassetheoretiker das Wort verwenden, überhaupt gibt. Und dennoch: Auf sprachenfundierter Nations- oder Ethnienebene erscheint die Zugehörigkeit zu einer Gruppe enger als auf der Ebene politischer Parteien.

Die Ordnungsfunktion des Sprachkriteriums zeigt sich also vor allem darin, daß es einen begrifflichen Unterschied zwischen den oben skizzierten offenen Einteilungskriterien einerseits und den Sprach-, Rasse- und Kulturkriterien andererseits gibt. Einer Ethnie oder Volksgemeinschaft gehört man nicht an, weil man das so will, sondern weil das so ist. Das allein mag schon Grund genug sein, von jeder Idee der Sprachbewahrung und Sprachpflege Abstand zu nehmen, die weniger ästhetischen oder historischen als kulturidentitären Interessen gehorcht. Das Kriterium der Sprache ist wohl das einzige, das zur Einteilung von gesellschaftlichen Akteursgruppen auf dieser quasi-essentiellen Ebene angesiedelt ist und sich als solches nicht nur einer breiten Zustimmung erfreut, sondern in der Selbst- und Fremdidentifikation derartige Akteursgruppen erst generiert.

Neben dieser allgemeinen Überlegung gibt es wissenschafts- und wirtschaftsinterne Gründe, sich für eine Einheitssprache in diesen Bereichen zu entscheiden. So skeptisch man universalistischen Wahrheitsansprüchen und global und gewinnorientiert handelnden Unternehmen gegenüberstehen mag – wenn man sich in den Bereichen der Wissenschaft oder der Wirtschaft engagiert, sie also nicht extern kritisiert, so ist man genötigt, die diesen Bereichen eigenen Gütekriterien anzuerkennen. Diese aber sind universalistisch respektive global, ebenso wie Wahrheit und Markt. Das macht sie zu exklusiv modernen Bereichen, und deshalb kann es keine traditionale Wissenschaft geben, die den Namen verdiente.

Analog ist moderne Wirtschaft keine auf Tauschhandel und Bedarfsdeckung basierende Reproduktionsform. Wie die Auseinandersetzungen in diesen Bereichen essentiell auf Universalität und Globalität gerichtet sind, sollten sie in einer Weise geführt werden, die diesen Zielen zuträglich ist, etwa in derselben Sprache. Damit ist der erste von mir formulierte Einwand außer Kraft gesetzt: Wenn wir Wissenschaft betreiben und die Wirtschaft fördern wollen, dann müssen die mit diesen Bereichen unvereinbaren kulturidentitären Interessen in den Hintergrund treten. Ob wir das wollen, ist eine andere Frage – eine Frage, die angesichts der faktisch existierenden Alternativen auf eine Entscheidung zwischen Modernität und Tradition hinauszulaufen scheint.

Dem zweiten Einwand ist damit allerdings nicht begegnet: Es könnte sich als hilfreich erweisen, kulturell geprägte Impulse in Wirtschaft und Wissenschaft zu integrieren. Diese Impulse werden in der innerkulturellen Auseinandersetzung generiert, in der Traditionen fortwirken und die ihrerseits Bedingung einer seriösen interkulturellen Auseinandersetzung ist. Wissenschaftler sind schließlich nicht frei von kulturellen oder traditionalen Färbungen, auch wenn keine derartigen Gütekriterien in den Wissenschaften Anwendung finden. Diese Färbungen als solche zu erkennen, setzt eine Außenperspektive voraus, die einzunehmen durch eine interkulturelle Auseinandersetzung wesentlich erleichtert wird. Genauso kann ein Blick auf traditionale Produktionsformen wirtschaftliche Impulse geben.

Gehen wir jedoch von der prinzipiellen Übersetzbarkeit eines jeden Ausdrucks einer Sprache in jede andere Sprache aus, so hat sich noch kein Grund ergeben, warum innerkulturelle Diskussionen in eigenen Sprachen geführt werden müßten. Außerdem bestand die Annahme ja darin, daß der innerkulturelle Diskurs nötig sei, den traditionalen Färbungen entgegenzuwirken und gerade nicht darin, daß es diese Färbungen zu konservieren gelte. Dergleichen geschieht aber beispielsweise in den Diskursuniversen, welche die angelsächsische und die kontinentaleuropäische Philosophie sich geschaffen haben.

Treffen Vertreter dieser Universen aufeinander, so ist das Ergebnis oft kläglich: Die Auseinandersetzungen der einen erscheinen den anderen als Stürme im Wasserglas oder als Gebrabbel. Die Grenze dieser Schulen verläuft bezeichnenderweise entlang der Grenze zwischen Englisch einerseits und romanischen Sprachen und Deutsch andererseits. Eine einheitliche Sprache schafft zumindest die Bedingung der Möglichkeit eines fruchtbareren Austausches.

Daraus ergibt sich ein Argument gegen den dritten Einwand: Zwar schließt man mit der Einheitssprache ganze gesellschaftliche Felder vom wirtschaftlichen und wissenschaftlichen Diskurs aus; doch schafft man zugleich eine der Bedingungen der Möglichkeit eines Diskurses, an dem alle teilhaben können und der in dieser universalen Form seinerseits eine moderne Absage an Sprach- und Kulturidentitätsforderungen enthält. Daß wir keine Chancengleichheit bezüglich des Zweitspracherwerbs haben, stellt natürlich ein Problem dar, das es zu lösen gilt. Darin liegt jedoch kein Argument für die Sprachdiversität in Wissenschaft und Wirtschaft.

Und schließlich: Warum Englisch? Eine Ausbildung in Englisch steigert das Niveau der Nachwuchskräfte in Wissenschaft und Wirtschaft, denen so ein breiteres Spektrum an Informationen zugänglich gemacht wird. Und eine englischsprachige Berühmtheit an einer deutschen Universität für länger als bloß eineinhalb Stunden zu goutieren, dürfte so manchem den Verbleib in Deutschland attraktiver erscheinen lassen.

Außerdem gibt es kein gutes Argument dagegen, das nicht seinerseits auf die normative Kraft kultureller Identität rekurrieren müßte – schließlich ist die englische Sprache nicht häßlicher und nicht ärmer als die meisten anderen Sprachen. Jemand, der kulturelle Identitäten in einem Argument gegen die englische Sprache zu mobilisieren sucht, mobilisiert eine Intention, die ihn als Partner in einem Gespräch über die Förderung von Wissenschaft und moderner Wirtschaft diskreditiert.

Wenn alle dieselbe Sprache sprechen, dann ist eine der Bedingungen erfüllt, sich besser zu verstehen. Wer könnte etwas dagegen haben? Ein Kant ist ohne einen Rousseau und einen Newton genausowenig zu denken wir ein Thomas von Aquin ohne einen Aristoteles und ein Hawking ohne einen Einstein. Die kulturelle Horizonte transzendierende gegenseitige Befruchtung der verschiedenen Sprachkreisen entstammenden Anstöße ist aus der Wissenschaftsgeschichte nicht wegzudenken. Der Sprache, in der diese Anstöße formuliert wurden, kommt dabei keine essentielle Rolle zu. Eine gegenseitige Befruchtung wird durch eine einheitliche Sprache erleichtert. Die englische Sprache ist bereits auf dem Wege, sich in den fraglichen Bereichen zu etablieren. Also sollten wir sie hineintragen in die Hörsäle, die Zeitschriften und die Tagungsstätten.

Warum das Wertvolle so wertvoll ist

Von Stefan Donath

Je seltener ein Kunstwerk aufzufinden ist, um so wertvoller wird es. Die Einzigartigkeit wird so zu einem teuren Gut, für das Sammler beträchtliche Summen zu zahlen bereit sind. Man könnte meinen, daß der materielle Betrag, den wir für die Einmaligkeit einer Rarität bezahlen, auch Rückschlüsse auf den immateriellen Wert, den Rang, die Bedeutung, die wir dieser Kostbarkeit beimessen, zuläßt.

Eine der flüchtigsten Kunstformen ist das Theater. Als Besucher einer Theateraufführung wird man Zeuge eines vergänglichen, unwiederbringlichen Erlebnisses. Das Verhallen von Klängen, der stete Wandel von Bewegungen charakterisieren diese Flüchtigkeit. Unvergleichlich schafft sich das Theater mit jeder Vorstellung neu. Die Einzigartigkeit wird hier auf die Spitze getrieben, die Individualität gegen alle Gesetzmäßigkeiten gesteigert. Doch welchen Wert hat diese aus vielen einmaligen Momenten bestehende Kostbarkeit wirklich?

Wo weniger Geld da ist, muß gespart werden. Die Frage, was wirklich existentiell und vordringlich benötigt wird, schafft neben einem anregenden Diskurs mitunter Klarheit, daß das, was schön zu besitzen, erfreulich und aufregend im Erleben ist, nicht zwangsläufig auch unentbehrlich erscheinen muß. Die Kultur und mit ihr die kulturellen Einrichtungen sind solch ein Gut, das schnell in die Nähe des Abkömmlichen gerückt wird. Sollten aber besondere Qualitäten und ein unverzichtbarer Nutzen für die Gesellschaft den Anspruch auf eine ausgleichende Anerkennung nicht rechtfertigen? Welche elementaren Eigenschaften zeichnen Theater, Opern und Museen schließlich aus, um diese Gegenleistungen selbst in Zeiten knapper Kassen weiterhin durch staatliche Subventionen zu beziehen?

Zunächst muß es für Ärger sorgen, wenn ein Wort der Wirtschaftswissenschaft in den Bereich der Kultur verpflanzt wird: Subvention. Sie wird gewährt und kann gestrichen werden. Viel zu schnell verbindet sich mit Gewohntem eine gewisse Erwartung. Wer etwas erwartet, wird irgendwann enttäuscht. Gilt gleiches für die Kulturschaffenden? Haben sie sich zu selbstverliebt nie gefragt, ob ihre kulturellen Erzeugnisse auch gewissen wirtschaftlichen Standards entsprechen müssen?

Der Begriff der Subvention ist für die Kulturpolitik außerordentlich gefährlich. Als Subventionen bezeichnet man zweckgebundene Geldleistungen oder geldwerte Leistungen öffentlicher Körperschaften an Unternehmen und Wirtschaftszweige, die ohne marktübliche Gegenleistung erteilt werden. Es entsteht unweigerlich der Eindruck, als könne durch staatlichen Einfluß kurzzeitig geholfen werden. Der Wert der kulturellen Einrichtungen kann jedoch nicht durch befristete Subventionen erhalten werden. Derartige Geldleistungen des Staates, die aufgrund ihrer den Wettbewerb verzerrenden Wirkung ohnehin einen schlechten Ruf haben und vorwiegend in der Struktur- und Wirtschaftspolitik Verwendung finden, schaden unserer Kultur. Zudem verfehlen sie im Ansatz bereits die qualitative Bedeutung der Kultur und ihrer Institutionen. Da die kulturellen Einrichtungen darüber hinaus nichtwirtschaftliche Güter erstellen, sie nicht als Unternehmer mit dem Ziel einer Umsatzsteigerung auftreten, verbietet sich eine ökonomische Bewertung. Staatliche Kulturausgaben sind in diesem Sinne keine Subventionen.

Es kann demnach immer nur um eine Förderung der Kultur gehen. Einer Kultur, die alles andere ist als Luxus, ein Sahnehäubchen. Im Gegenteil: Als Grundnahrungsmittel für jedes Mitglied unserer Gesellschaft will sie Teil des Lebens werden, möchte Identität stiften und Werte vermitteln. Den Theatern, Opern und Museen kommt dabei die wichtige Vermittlerrolle zwischen Kulturprodukt und Kulturrezipient zu. Als kulturelle Institutionen sind sie Orte des gemeinsamen Nachdenkens. Hier werden Kontakte gepflegt, Diskurse ermöglicht, hier wird Geselligkeit in ihrer ursprünglichen Form gelebt.

Die kulturellen Einrichtungen organisieren nicht nur Kultur, sondern sie werden auch schöpferisch tätig. Regisseure, Dirigenten oder Maler reflektieren als Kulturschaffende gleichsam die Frage, welchen Wert die Kultur für uns hat. Durch die Präsentation ihrer Kunstwerke werden ihre Überlegungen zu den unsrigen. Das Theater wird so zu einem Raum der gemeinschaftlichen Nähe, der Blick in ein Gemälde etwa zur Suche nach dem Selbst und ein Opernbesuch zum Halt im Strom des Wandels. Woher kommen wir, wohin gehen wir? Fragen, die uns umtreiben, die uns beschäftigen, finden genau hier in der Kultur neue Anregungen, Impulse, Antwort.

Kultur heißt immer auch erinnern und bewahren. Unsere Werte, die vom Gegenwärtigen ausgehend in die Zukunft weisen, werden im besonderen auch von der Tradition bestimmt. Erinnern hat etwas sehr Zukünftiges. Mit der Pflege von alten Kulturgütern erhalten wir uns einen Schatz. Gemälde, Dramen oder Opern sind unmittelbar Ausdruck verblichener Zeiten. Mit ihnen sind Bewertungen verbunden, die unser geschichtliches Bewußtsein fördern. Sie sensibilisieren für die Werte vergangener Generationen und schaffen Verständnis für damaliges Handeln. Indem sich die Kultur insbesondere mit ihrer eigenen Erhaltung befaßt, sichert sie das Wissen der Ahnen. Die Methoden und Lebensgewohnheiten unserer Vorgänger, die mit den Artefakten gleichsam verwoben sind, werden auf diese Art gespeichert und weitergegeben.

Die kulturellen Institutionen vermitteln Bildung. Die Auseinandersetzung mit der eigenen Identität, die Erkenntnis der Zugehörigkeit sozialer Gruppen und die Entwicklung eines Bewußtseins für Werte der Menschlichkeit öffnen den Geist auch für Neues, Unbekanntes und Fremdes. Die Entdeckung, daß die Realität durch Symbolik und Metaphorik kunstvoll übersetzt werden kann, ermöglicht eine differenzierte Wahrnehmung der Wirklichkeit.

Mit künstlerischen Mitteln will Kultur irritieren. Neben der stabilisierenden Dimension stehen zugleich Eigensinn, Widerspruch und Provokation. Die kulturellen Einrichtungen wollen uns durch ihre Medien herausfordern, erschrecken, uns das Gewohnte verderblich erscheinen lassen. Sie wollen uns den sicheren Boden unter den Füßen wegziehen, damit wir durch den Fall vor allzu großer Selbstzufriedenheit und Bequemlichkeit gemahnt werden. Die Reflexion über uns, unsere Mitmenschen, das Leben soll die automatisierten Mechanismen dechiffrieren. Alles muß hinterfragbar bleiben, durchleuchtet und niedergerissen, um besser wieder aufgebaut zu werden. Das Eingefahrene soll in andere Bahnen geleitet, mit der Konvention muß wenigstens einmal gebrochen werden, um zu sehen, was sie taugt. Diese Opposition tut mitunter weh, ist aber notwendig.

Daneben ist Kultur natürlich auch Unterhaltung. Wer kann leugnen, daß eine Matinee im Theater, ein Museumsbesuch am Nachmittag oder eine Abendvorstellung in der Oper befreit von den Strapazen des Alltags. Energien werden freigesetzt, Kräfte gebündelt, neue Ideen generiert. Kulturelle Veranstaltungen haben nicht zuletzt durch ihren zerstreuenden Charakter einen innovativen Einfluß auf unsere Gedankenwelt.

Schließlich erhalten die Kulturinstitutionen durch ihr Wirken selbst eine Kultur des Experiments. Formen der Verwandlung oder die Artikulation von Utopien prägen diesen Laborcharakter der Kunst, dem das Erproben, der Mut zum Fehler, das Scheitern und der erneute Versuch elementar inhärent sind. Kunst ist ohne Risiko nicht denkbar. Nur wenn sich die Kunst diese experimentelle Eigenart bewahrt, kann Kultur wirken. Dabei dürfen Kategorien der Rentabilität nicht hemmen. Fehler müssen gemacht werden, denn auch sie bringen voran.

Der Nutzen unserer Kultureinrichtungen, die Kultur vermitteln, erhalten und weiterentwickeln, ist einmalig. Sie zu fördern, erfordert außer Leidenschaft, Kreativität und Engagement zugleich finanzielle Mittel. Gelder, die in einem redlichen Verhältnis zur Bedeutung stehen sollten. Es ist für die kulturellen Einrichtungen sicherlich schwierig, ihren Nutzen exakt zu messen. Zahlreiche Transformationsprozesse verwischen eine eindeutige Analyse. Die Effizienz der Kultur ist nicht mathematisch berechenbar. Und dennoch scheint ihr Nutzen indirekt belegbar. Denn dort, wo Kultur fehlt, treten gehäuft gesellschaftliche Probleme auf. Das Fehlen erst macht uns ihren Wert erfahrbar.

Theater sichern den Erhalt unserer reichen Sprache, indem sie die Lebendigkeit bedeutender Dramen bewahren, in Opern erklingt faszinierende Musik, Museen garantieren den Schutz von Bildnissen als Seelen- und Zeitspiegel verwehter Tage. Ohne diese Pflege verginge das Vergängliche haltlos. Während der private Sammler durch seine Leidenschaft die Kultur zwar belebt, werden durch die staatliche Kulturförderung die durchaus kritischen Kunstwerke auch einer breiten Öffentlichkeit präsentiert. Scheuen wir den Blick in diese Spiegel unserer Gesellschaft, wird eine Befreiung unmöglich, da Zwänge gar nicht erst erkannt werden. Kultur nur zum Gefallen seiner Nutzer wäre eine Farce. Und gerade deshalb, weil eine erschütternde Kultur nur dann weiter brüllen, schimpfen, meckern und leben kann, wenn sie unabhängig von den Vorlieben ihrer Zuschauer bleibt, darf die Kulturförderung nicht gemindert werden. Kultur muß bezahlte Opposition bleiben.

Man könnte zuletzt die Kunstfreiheit des Artikels 5 des Grundgesetzes rezitieren und unterstreichen, daß die Kunst nur frei ist, wenn sie unabhängig bleibt, auch vom Geld. Peter Brook weist in seinem Buch *Der leere Raum* darauf hin, daß große Ausstattungsstücke mit aufwendigen Kostümen und teuren Bühnenbildern am grundlegenden Sinn des Theaters vorbeigehen. Die Metapher des leeren Raumes verjagt jede Gegenständlichkeit, alle überflüssigen Requisiten, alle Kapitalien. Die Leere genügt, um in einem intensiven künstlerischen Prozeß aus einem formalen Nichts etwas Großartiges zu zaubern.

Natürlich liegt auch im Mangel ein dem Erfindungsreichtum zuträgliches Element. Not macht erfinderisch. Die Darstellung des leeren Raumes zeichnet eben jenes Bild einer besonderen Sphäre, die unabhängig von materiellen Gütern die volle Konzentration auf einen experimentellen Arbeitsprozeß fokussiert. Eine Arbeit nah am Menschen. Über ihn und von ihm. Eine konstante Kulturförderung bedeutete, daß diese künstlerische Gedankenarbeit weiterhin und freier gestaltet werden kann. Freiheit verstanden als die Möglichkeit der Reflexion. Und Reflexion als ein Prozeß, der unabhängig von materiellen Gütern dennoch ein unschätzbar wertvolles Gut benötigt: Zeit.

Das Theater macht genau diesen vergänglichen Wert eines jeden Atemzugs erfahrbar. Jeder Augenblick stirbt im Moment des Erlebens auch schon wieder und existiert von da an nur noch in der Erinnerung fort. Welch reflexive Kraft durch die Betonung der eigenen Wahrnehmung hier Gestalt annimmt, wird augenfällig: Die Kultur verweist auf unser Leben. Sie ist daher Lebensgrundlage und unersetzlich.

JEREMY ADLER, geb. 1947, Senior Research Fellow und Professor emeritus am King's College, London. Herausgeber von Elias Canettis *Aufzeichnungen für Marie-Louise* und H. G. Adlers *Theresienstadt 1941-1945*.

PETER HORST NEUMANN, geb. 1936, Professor emeritus für Neuere deutsche Literaturgeschichte. Direktor der Bayerischen Akademie der Schönen Künste. Zuletzt ist der Essayband *Erlesene Wirklichkeit* (2005) erschienen.

VOLKER GERHARDT, geb. 1944, Professor für Philosophie an der Humboldt-Universität zu Berlin. 2004 ist erschienen *Die angeborene Würde des Menschen*. gerhardt.v@philosophie.hu-berlin.de

CHRISTOPH TÜRCKE, geb. 1948, Professor für Philosophie an der Hochschule für Grafik und Buchkunst, Leipzig. 2005 ist erschienen *Vom Kainszeichen zum genetischen Code. Kritische Theorie der Schrift*.

CHRISTOPH VON MARSCHALL, geb. 1959, ist Amerikakorrespondent des *Tagesspiegel* mit Sitz in Washington. von-marschall@tagesspiegel.de

JÜRGEN MANTHEY, geb. 1932, Professor emeritus für Literaturwissenschaft. 2005 ist erschienen *Königsberg. Geschichte einer Weltbürgerrepublik*.

WALTER KLIER, geb. 1955, Schriftsteller. 2005 ist erschienen *Meine konspirative Kindheit und andere wahre Geschichten*. gegenwart@aon.at

HENNING LAHMANN, geb. 1981, studiert Rechtswissenschaften und Philosophie an der Universität Hamburg. h.lahmann@googlemail.com

ALBRECHT MANGLER, geb. 1978, studiert Anglistik und Soziologie an der Universität Stuttgart. albrecht.mangler@web.de

SVEN MATIS, geb. 1980, studiert Politikwissenschaft an der Andrássy Universität Budapest. sven.matis@gmx.de

MICHAEL C. PIETSCH, geb. 1981, Marineoffizier, ist seit Juli 2005 Lehrer für Politik an der Marineschule Mürwik. m.c.pietsch@gmx.de

SABINE WOLF, geb. 1982, macht ein Postgraduiertendiplom in Friedensforschung und Konfliktmanagement an der Universitat Autònoma de Barcelona. frauwolf@googlemail.com

RASMUS ALTHAUS, geb. 1980, studiert Philosophie und Mediävistik an der Humboldt-Universität zu Berlin, war im Wintersemester 2004/05 Lektor an der University of Science and Technology in Schanghai. rasmus_althaus@web.de

RAPHAEL VAN RIEL, geb. 1979, studiert Philosophie an der Universität Hamburg.

STEFAN DONATH, geb. 1982, studiert Theaterwissenschaft, Publizistik und Politikwissenschaft an der Freien Universität Berlin. stefan-donath@gmx.de

Im nächsten Heft:

Jan Philipp Reemtsma
Das Scheinproblem »Willensfreiheit«.
Ein Plädoyer für das Ende einer überflüssigen Debatte

Eli Zaretsky
Psychoanalyse und der Geist des Kapitalismus

Élisabeth Roudinesco
Reisen mit Freud

Jochen Rack
Am schönsten sind Religionen doch im Ausland

Bezugsbedingungen: Der Merkur erscheint monatlich, im Sept./Okt. als Doppelheft. Die Zeitschrift kann durch jede Buchhandlung oder unmittelbar vom Verlag bezogen werden. Preis des Einzelheftes EUR 11 (D) / sFr 19,60; des Doppelheftes EUR 19 (D) / sFr 34; im Abonnement jährlich EUR 106 (D) / sFr 169; für Studenten gegen Vorlage einer Bescheinigung EUR 72 (D) / sFr 120. Private Abonnenten, die direkt über den Verlag beziehen, erhalten bei Nachbestellung jedes lieferbare Heft zum anteiligen Abo- bzw. Abovorzugspreis. – Falls die Lieferadresse von der Rechnungsadresse abweicht, fallen zusätzliche Kosten von EUR 0,35 (D) je Heft und Lieferung an. Der Abonnementpreis ist jährlich im voraus fällig (bitte die Rechnung abwarten). Gerät der Kunde mit der Bezahlung einer Rechnung in Verzug, so werden damit alle unsere noch offenstehenden Rechnungen sofort fällig. Gerichtsstand ist Stuttgart. Alle genannten Preise enthalten die zum Zeitpunkt des Kaufs gültige Mehrwertsteuer. In Drittländern (außerhalb der EU) gelten die angegebenen Preise netto; alle Preise jeweils zuzüglich Versandkosten. Die Kündigung des Abonnements muß spätestens vier Wochen zum Ende des Bezugszeitraums in schriftlicher Form an den Verlag erfolgen. Ansonsten verlängert es sich automatisch um ein Jahr. Die Mindestbezugsdauer beträgt ein Jahr.

Manuskripte: Für unverlangt und ohne Rückporto eingesandte Manuskripte wird keine Gewähr übernommen.

Zuschriften, die den Vertrieb und die Anzeigen betreffen, bitte an den Verlag senden.
Verlag: J. G. Cotta'sche Buchhandlung Nachfolger GmbH, Postfach 106016, 70049 Stuttgart, Tel. 0711/6672-0
Anzeigenverwaltung: Friederike Kamann, Tel. 0711/6672-1225, Fax -2032. Gültig ist die Anzeigen-Preisliste Nr. 19 vom 1.1.2004. Verantwortlich für den Anzeigenteil: Rainer Just.
Abonnementverwaltung: Friederike Kamann, Tel. 0711/6672-1225 (bitte Kundennummer angeben); Thomas Kleffner, Klett-Cotta, Zeitschriften, Rotebühlstr. 77, 70178 Stuttgart, Tel. 0711/6672-1648, Fax -2032, e-mail: th.kleffner@klett-cotta.de
Satz: TypoScript, Waldorf & Deiser, München. Druck und Einband: Ludwig Auer, Donauwörth.
Redaktionsschluß: 5.1.2006
ISSN 0026-0096 NC N NCA